MARKUS BÄCKER **VOM ENDE HER**

Markus Bäcker

VOM ENDE HER

Kurzgeschichten

Bibliografische Information der Deutschen Nationalbibliothek:
Die Deutsche Nationalbibliothek verzeichnet diese Publikation in der
Deutschen Nationalbibliografie; detaillierte bibliografische Daten sind
im Internet über http://dnb.dnb.de abrufbar.

Umschlagfoto: Bärbel Hiddemann-Pahnke
Satz und Layout: Markus Bäcker

Mit besondem Dank an:
Bärbel Hiddemann-Pahnke, Hans-Christoph Minhöfer und
Frank Hausmann

Herstellung und Verlag: BoD – Books on Demand, Norderstedt

ISBN: 978-3-7481-6892-8

Wenn die Irrtümer verbraucht sind
Sitzt als letzer Gesellschafter
Uns das Nichts gegenüber.

Berthold Brecht

VOM ENDE HER ist eine Sammlung von Kurzgeschichten, die sich mit dem Individuum und seiner Existenz beschäftigen. Es sind Momentaufnahmen des Lebens, die sich als kleinste Zahnrädchen im großen Uhrwerk des Seins drehen. Scheinbar unbedeutend aber wirkmächtig entscheiden sie über Liebe, Freude, Leid und Tod. Wie in einem Theaterstück agieren die Charaktere in einer Welt, die zur Kulisse wird und das Handeln in den Mittelpunkt rückt. Vermeintlich frei, zeigt sich der Mensch vielmehr als Summe seiner Erfahrungen, Spielball seiner Gefühle oder einfach nur Sklave des Augenblicks.

Markus Bäcker wurde kurz nach der Mondladung im Rheinland geboren. Geprägt durch den geschichtlichen Reichtum dieser Region, verfolgt er eine Vielzahl an Interessen, was dem roten Faden in seinem Leben einen recht mäandernden Verlauf gibt. Vor ein paar Jahren griff er das Schreiben als Reaktion auf gesellschaftliche Entwicklungen wieder auf. In seinen Arbeiten wirft er einen nüchternen Blick auf die Wirklichkeit und manchmal auch dahinter. Heute lebt er mit seinem Hund Campino in Andernach.

INHALT

8   Begegnung zweier Toter

28   Waterloo kann warten

40   Einer von uns

53   Geteiltes Leid

64   Im Fegefeuer

75   Am Ende ist es nur eine Geschichte

83   Der strafende Engel

87   Fluch und Segen

BEGEGNUNG ZWEIER TOTER

Regen schlug ihr ins Gesicht und vermischte sich mit ihren Tränen, als sie vor die Haustür trat. Die frische Kühle der Nacht war angenehm, und langsam begannen sich ihre Gedanken wieder zu ordnen. Aber diese Ordnung würde nie mehr die Gleiche sein wie vorher, wie vor zwei Stunden. Ein seltsames Gefühl, von dem sie nicht wusste, ob sie es als Lachen oder als Weinen äußern sollte, entstand in ihrem Bauch und kroch in ihrem Hals empor.

‹Früher war vor zwei Stunden!›

Dieser Gedanke lähmte ihr Gehirn. Benommen begann sie, die nasse, im Licht der Laternen glänzende Straße entlang zu gehen. Sie spürte nicht, wie der Regen weniger wurde, denn ihre Gefühle hatten sich durch das Weinen erschöpft. Ziellos lenkte sie ihre Schritte in die Nacht hinein.

―――――

‹Heute habe ich wirklich einmal Glück gehabt›, sagte er zu sich selbst, während er mit Daniel im Gateway saß.

Das Bistro begann sich bereits zu leeren, als er über seinen Heimweg nachdachte. Er würde mit seinem neuen Auto nach Hause fahren, das er vor einigen Stunden recht günstig gekauft hatte. Als er heute Morgen in der Annonce den Preis gelesen hatte, hätte er es sich nicht träumen lassen, dass der

Wagen in einem so guten Zustand war. Und nun saßen sie hier, um diesen Glücksgriff ein wenig zu feiern. Er hatte für seinen Freund ein paar Drinks ausgegeben und überschlug gerade im Kopf die Höhe der Zeche, während Daniel, der ihm gegenübersaß, einen weiteren Chivas Regal bestellte. Die schlanke, dunkelhaarige Bedienung trat an ihren Tisch. Als er ihre Stimme hörte, blickte er auf.

«Es tut mir leid, aber wir haben keinen Chivas mehr. Den Letzten hast du eben getrunken.»

Tatjana setzte ein verlegenes Lächeln auf, von dem er nicht zu sagen vermochte, ob es echt oder gespielt war, und wartete auf eine Reaktion.

‹Sie sieht einfach hinreißend aus, wenn sie so dasteht. Wahrscheinlich ist sie der Grund dafür, weshalb ich so oft in diesen Laden gehe.›

Seine Gedanken wurden jäh unterbrochen, als Daniel angetrunken zu lamentieren begann.

«Ihr habt keinen Chivas mehr? Dann muss ich mir eben meinen eigenen besorgen.»

Sie schaute ihn einen Moment lang verblüfft an.

«Damit musst du dich aber schon beeilen. Wir schließen nämlich in einer halben Stunde.»

Langsam hob sein Kumpel die Hand und deutete mit dem Zeigefinger auf ihn.

«Er hat sich heute einen tollen Sportwagen gekauft. Mit dem schafft er es locker in einer halben Stunde zur Autobahntanke und zurück.»

Noch bevor er sich der Tragweite dieser Bemerkung bewusst wurde, hatte sich Tatjana ihm zugewandt.

«Das schaffst du doch nicht wirklich?», fragte sie und blickte ihn unschlüssig an.

«Mit meinem neuen sollte das kein Problem sein.»

Mittlerweile hatte Daniel einen Schein und ein paar Münzen aus seiner Hosentasche hervorgeholt und ließ das Geld auf den Tisch fallen.

«Der Rest ist für den Sprit», fügte er schnoddrig hinzu. Sie lächelte. Ohne sie aus den Augen zu lassen griff er nach seiner Jacke und stand auf.

―――――

Die Nacht lag ruhig und unbeweglich da. Der Regen hatte aufgehört. Das einzige wahrnehmbare Leben beschränkte sich auf ihren Körper. Einen Körper, den sie verlassen und vergessen wollte. Und mit ihm das sinnlos gewordene Leben, das ihrem Fleisch anhaftete. Fleisch, das Existieren bedeutete und wovor sie nicht weglaufen konnte. Man kann im Leben immer nur auf die Zukunft einwirken aber nicht auf die Vergangenheit. Doch die Existenz umfasst Beides. Man kann sie nur führen oder beenden. Leben oder sterben.

―――――

Die nasse Straße reflektierte das Licht der Scheinwerfer. Wie ein schwarzer Fluss lag sie vor ihm. Die Reifen hatten den direkten Kontakt zum Asphalt verloren. Ohne die Geschwindigkeit zu drosseln lenkte er den nun rutschenden Wagen geübt durch die zahlreichen Kurven. Musik drang laut aus den Lautsprechern und machte ihn für alle anderen Einflüsse unempfänglich. Das Fenster war eine Handbreit geöffnet und kühle Nachtluft wurde ins Wageninnere gepresst. Sie strich an seinen Haaren vorbei und verlor sich hinter ihm im Innenraum. Plötzlich setzte die Musik aus und er spürte den Luftzug an seiner linken Gesichtshälfte. Die Geräusche des Motors und der Reifen auf der nassen Fahrbahn fluteten seine Ohren. Die Geschwindigkeit wurde für einen Moment lang greifbar. Er blickte auf den Tacho. Einhundert Stundenkilometer. Das Risiko, das er in jeder Kurve einging, war zu ihm vorgedrungen. Vor ihm lag die nächste Kurve. Er bremste. Aus den Lautsprechern erklang wieder Musik. Seine Gedanken führten ihm ein Bild von Tatjana vor Augen und das Auto begann langsam wegzurutschen.

———

Licht, Wasser und Asphalt formten ein seltsames Bild. Risse gingen durch die Welt, und gleichzeitig verflossen die Bruchstücke wieder miteinander. Eine neue Ordnung war geschaffen, vor ihren Augen, außerhalb von ihr. Sämtliche Kraft schien ihren Körper verlassen zu haben. Ihre Schritte wurden langsamer. Sie fühlte sich leer. Alle Flüssigkeit ihres Körpers war an seine Oberfläche getreten und der Regen hatte sie abgewaschen. Nun lagen ihre Tränen auf dem Asphalt. Schon morgen würde ihre Trauer von achtlosen Menschen zertreten werden und verdunsten. Nichts blieb zurück, was an diese Nacht erinnern könnte. Ihr Leid würden auf ihre Erinnerung beschränkt bleiben, und es wäre ihre qualvolle Aufgabe, anderen Menschen, von denen sie sich Trost versprach, davon zu erzählen. Sie müsste sich offenbaren, für einen Augenblick geheuchelten Mitgefühls, da kein Mensch die Gefühle eines anderen Menschen wirklich nachempfinden kann. Es gab einfach niemanden auf der Welt der ihren Schmerz verstehen würde.

———

Rotes Licht war plötzlich auf der Fahrbahn. Rot wie Blut – Gefahr verheißend. Bremslichter. Augenblicklich trat er auf das Pedal und erstarrte in seiner Bewegung. Langsam näherte er sich dem anderen Auto. Die Zeit schien fast stillzustehen. Es war, als ob der Verstand den Wunsch hatte, die letzten Sekunden, bis zum Übergang ins Nichts, noch auskosten zu wollen. Er fixierte mit seinen Augen die Rückleuchten wie zwei Feuer spuckende Drachenhälse. Die Gefahr flutete ihm entgegen. Unwillkürlich begann er den Kopf zu wenden. Erst nach einer Weile merkte er, dass sein Wagen begonnen hatte sich querzustellen. Sein rechter Fuß glitt auf das Gaspedal. Der Wagen stabilisierte sich. Eine abrupte Lenkbewegung und sein Auto schoss an dem anderen Fahrzeug vorbei und steuerte als erstes in die Kurve. Ein erneutes Lenken und Bremsen, dann waren die Scheinwerfer auch schon aus seinem Rückspiegel verschwunden.

———

«Ich muss meinen eigenen Weg gehen.», hatte er gesagt. Ihr Hals war trocken. Sie hatten sich angeschrien.

‹Nach sieben Jahren …›, dachte sie, ‹und das nach sieben Jahren!›

Mit diesen Worten hatte sie ihn angeklagt. Schmerzhaft war ihr klar geworden, dass sie kein Anrecht auf einen anderen Menschen besaß. Verzweifelt hatte sie ihn gefragt, wie er sich so einfach aus ihrem Leben stehlen konnte. Aus einem Leben, das seit sieben Jahren auf ihn ausgerichtet war.

«Ich habe eine Frau kennengelernt, die mich besser versteht als du es tust.»

Bei diesem Satz war sie weinend zusammengebrochen. Es gab keine Frau, die ihn besser verstand. Das war eine Lüge, und sie wusste es. Sicher war sie einfach nur jünger und fühlte sich besser an im Bett. Er hatte es einfach nicht gewagt, ihr die Wahrheit zu sagen.

«Jeder hat nur dieses eine Leben und muss versuchen, darin glücklich zu werden.»

‹Ja, werde glücklich. Amüsiere dich zu Tode. Du hast ja einen Anspruch darauf. Werdet alle glücklich, wenn das euer Ziel ist. Nehmt euch euer Recht. Aber wo bleibe ich? Was ist mit meinem Recht auf Glück?›

———

Das Schild einer Ortschaft tauchte im Scheinwerferlicht auf. Die Helligkeit der Straßenlaternen kündete von Leben. Leben, das man nur ahnte, aber nicht sah. Leben, das hinter Mauern existierte und sich in Schlafzimmern eingeschlossen hatte.

———

Sie setzte sich auf die Bank einer Bushaltestelle, atmete, erstarrte, hatte aufgehört zu denken. Einige Meter von ihr entfernt gingen Bahnschranken mit dem summenden Geräusch von Elektromotoren nieder. Die Signallampe tauchte die nasse Straße davor in ein rotes Licht.

———

Er begann seine Geschwindigkeit zu verringern, da sich am Ende der Ortschaft ein Bahnübergang befand. Sein Arm glitt nach vorne und seine Finger umspannten den Schaltknauf.

———

‹Ein Zug!›
Glasklar und unvermittelt schoss ihr dieser Gedanke durch den Kopf. Die Idee eines alles beendenden Zuges.
‹Mein Körper würde nicht einmal seine Geschwindigkeit verringern.›

———

Von Weitem konnte er schon die roten Warnleuchten des Bahnübergangs erkennen. Er schaltete einen Gang zurück.

———

‹Ich brauche nur aufzustehen und die wenigen Schritte bis zu den Gleisen zu gehen.›
Sie versuchte es, aber sie konnte sich nicht erheben. Der Gedanke war noch zu neu.

———

Der Motor drehte hoch, als er den zweiten Gang einlegte und die Kupplung kommen ließ.

———

Der Gedanke an den Zug faszinierte sie. Zu verlockend war die Vorstellung, alles hinter sich zu lassen. Es war der Ausgang aus den Ruinen ihrer Existenz. Was konnte sie auch anderes tun? Ihr ganzes Leben war sinnlos geworden. Sieben vertane Jahre. Sie war keine Dreißig mehr. Jetzt noch versuchen, den Richtigen zu finden? Sie wollte doch Kinder haben. Vor ihren Augen begann ihr die Zeit davon zu laufen. Ihr Leben lief davon. Unvermittelt drang ein Motorengeräusch an ihre Ohren. Sie wandte sich zur Seite und sah einen Wagen langsam die Straße entlang rollen. Ihr Blick kehrte zurück auf den feuchten Asphalt vor ihren Füßen.
‹Ich werde auf den nächsten Zug warten müssen.›

———

Immer langsamer werdend glitt das Auto die Nacht, um schließlich vor dem Bahnübergang zum Stehen zu kommen. Er zog die Handbremse an, und ließ seinen Blick zu der Schranke mit dem roten Licht wandern. Dann sah er nach links und nach rechts, um Ausschau nach dem angekündigten Zug zu halten. Aber dort war nur die erstarrte, undurchdringliche Dunkelheit. Nervös begann er, mit den Fingern der linken Hand auf den Lenkradkranz zu trommeln.

――――――

Das gleichmäßige, vibrierende Geräusch des Motors wirkte beruhigend auf sie. Der Hass begann aus ihrem Kopf zu weichen. Aber da ihm kein anderes Gefühl folgte, entstand eine Leere, die sie als angenehm empfand. Das Feuer der Wut war am Erlöschen, und nach und nach bevölkerten neue Gedanken ihren Geist. Doch sie alle kreisten nur um die eine zentrale Vorstellung: Den Zug. Sie saß da und gab sich dem schwebenden Gefühl ihrer Gedanken hin.

――――――

‹Warum mache ich das hier eigentlich?›, fragte er sich.

‹Um meinen neuen Wagen zu testen? Wegen Daniel? Natürlich nicht. Der einzige Grund, warum ich mitten in der Nacht vor diesem Bahnübergang stehe ist sie. Ich tue das alles nur, um sie zu beeindrucken. Ich riskiere mein Leben für eine Frau, die ich nicht wirklich kenne. Der Rest ist ein schwammiges, Gelatine-artiges Gefühl, das mir ihre Schönheit und meine Sehnsucht bereiten. Aber was kann ich erwarten? Ein Lächeln? Ihre Sympathie? Ich weiß es nicht. Ich suche doch nur eine Gelegenheit um sie anzusprechen – sie zu fragen, was sie an den Abenden macht, an denen sie nicht im Gateway arbeitet. Und ob sie nicht Lust hätte, einen davon mit mir zu verbringen. Das ist der wahre Grund warum ich jetzt hier bin, für die Hoffnung auf ein bisschen Glück.›

――――――

Ihre Liebe war tot, das wusste sie jetzt. Aber wann würde sie es begreifen? Wann würde sie diesen Satz aussprechen können, ohne dass ihre Stimme versagte? Wie konnte sie ihr Leben nur so auf einen Menschen fixieren, dass mit seinem Verschwinden auch ihr Leben zu Ende zu sein schien? Kurz nach ihrem Kennenlernen hatte sie zu ihm gesagt:

«Ich glaube nicht an die Liebe, die ein ganzes Leben andauert, aber insgeheim hoffe ich darauf.»
Im Laufe der Jahre hatte sie ihren Realitätssinn verloren und sich vollkommen der Hoffnung hingegeben. Und nun musste sie für ihren Wunsch nach Beständigkeit bezahlen. Sie hätte sich niemals diesem Verlangen hingeben dürfen. Aber kann man überhaupt Glück empfinden, wenn man sich zwingt, immer an das mögliche Ende zu denken?

―――――

‹Was weiß ich denn wirklich von ihr? Eigentlich nur den Vornamen. Aber was bedeutet der noch in unserer heutigen Zeit? Früher war der Vorname noch etwas sehr Privates, und Menschen, die sich damit anredeten, waren Freunde oder Bekannte. Heutzutage hat sich die Bedeutung ins Gegenteil verkehrt. Nun gewährt er Anonymität.›

―――――

Ihr fiel ein Sinnspruch aus ihrem Poesiealbum ein, den ihr eine Lehrerin vor langer Zeit einmal dort hineingeschrieben hatte:

Bedenke, dass die menschlichen Verhältnisse insgesamt unbeständig sind. Dann wirst du im Glück nicht zu fröhlich und im Unglück nicht zu traurig sein.
‹Wer sich das ausgedacht hat, kann wohl niemals wirklich geliebt haben.›

Die Frau die diese Zeilen aufgeschrieben hatte war schon seit vielen Jahren tot. Sie war mit Fünfunddreißig an Krebs gestorben.

‹So schnell kann das Ende kommen. Also sollte man sein Leben nicht mit Trauern verbringen, denn wer weiß schon, wieviel Zeit einem noch bleibt. Ich weiß nur, dass ich lebe. Ich spüre den Wind und den Regen auf meiner Haut. Aber was soll ich mit dem Rest meiner Jahre anfangen? Alleine und zu alt, um ein neues Leben zu beginnen. Ich habe einen guten Job, ich werde nicht mehr studieren, ich wollte heiraten, ich wollte Kinder haben …›

———

Seine Blicke glitten nervös durch das dunkle Panorama vor seiner Windschutzscheibe. Immer wieder kehrten sie zurück zu der Uhr im Armaturenbrett. Die Zeit schien nicht vergehen zu wollen. Warten war für ihn ein elender Zustand. Es fühlte sich für ihn so an, als gäbe er seine eigene Zeit aus der Hand und verschenkte wertvolle Minuten die ihm irgendwann einmal fehlen würden. Um sich abzulenken schaute er durch das rechte Seitenfenster. Auch dort war die Nacht. Schwarz und schemenhaft nahm er die Umgebung war. Seine Augen wanderten zu der Bushaltestelle. Dort saß eine Frau. Sie hatte ihre Ellenbogen auf die Oberschenkel gestützt und hielt ihren Kopf zwischen den Händen. Der Anblick erschreckte ihn.

‹Warum war sie hier in dieser Nacht?›

———

‹Ich bin allein. Im Endeffekt ist man immer allein auf dieser Welt. Mit jeder Beziehung versuchen wir uns nur über diese Tatsache hinweg zu täuschen. Es gibt nur die Einsamkeit. Wir

werden alleine geboren und werden genauso alleine sterben. Die Freude bei der Geburt oder die Trauer beim Tod
sind doch nichts weiter als Konventionen. Die Gesellschaft
verlangt es und der Einzelne tut es. Eine Empathie, die die
Gesellschaft von uns einfordert. Vielleicht der einzige mora-
lische Fortschritt, nachdem wir aufgehört haben, uns gegen-
seitig aufzufressen. Und die größte Bedeutung, die der Phi-
losophie zukommt, ist es, den Menschen vorzugaukeln,
dass wir keine Tiere mehr sind. Aber was sollen wir denn
sonst sein? Alles was wir tun unterliegt einem Trieb. Sei es
der Besitz, die Macht, das Vermehren oder das Töten. Ich
wurde niemals geliebt, sondern war nur ein Besitz, an dem
der Akt der Vermehrung vollzogen wurde. Die Worte Liebe
und Gefühl sind nur erfunden worden, um dem Schwäche-
ren einzureden, dass er freiwillig tut, was der Stärkere will.›
Ein unbändiger Hass auf die Menschen ergriff sie. Waren es
alle bloß Tiere, oder gab es unter ihnen auch einige die dachten und fühlten? Sie konnte doch nicht die Einzige sein. Langsam hob sie den Kopf. Sie sah zu dem Auto, schaute durch
die Seitenscheibe.

––––––

Er blickte in ihre Augen und erschrak. Warum vermochte
er nicht zu sagen, aber er erkannte die Tragödie, die sich
aus ihnen offenbarte. Zwei Abgründe in mitten eines schönen Gesichts. In diesem Moment glaubte er alles zu wissen
und doch wusste er nichts. Aber war das überhaupt wichtig? Kann man nicht auch Trost spenden, ohne die Ursache
des Leids zu kennen? Er sah die Zerstörung, die Ruinen, den
Tod. Angst erfasste ihn und er spürte wie etwas nach ihm
griff. Es waren ihre Gedanken, die wie ein Sog auf ihn wirkten. Sein Verstand schrie nach Hilfe, aber in Wirklichkeit war

es der ihrige. Er blickte zur Schranke. Das Licht war immer noch rot. Ein nicht bestimmbares Gefühl verlangte sein Handeln. Etwas, das er nicht benennen konnte, war ins Wageninnere gelangt. Seine Gedanken hatten ihre Richtung verloren. Er stand dem Nichts gegenüber, und das Nichts war in ihm. Schwäche, die nicht existierte. Tod, der keine Realität war. Er könnte aussteigen und zu ihr gehen. Doch aus welchem Grund? Wegen einem Gefühl? Was war das schon? Gefühle hatte keine Bedeutung. Nicht in dieser Welt, die er vor langer Zeit einmal als die seinige akzeptiert hatte. Warum er das getan hatte, wusste er nicht mehr. Wahrscheinlich war es das einfachste gewesen. Es ist doch immer am Leichtesten, dem Mehrheitsbeschluss zu folgen. Die Angst vor einem Leben außerhalb der Gesellschaft. Aber was war das schon, die Gesellschaft? Nur sie mordet, stiehlt und lügt. Der Einzelne könnte schuldlos bleiben. Schuldlos an den Verbrechen der Menschheit, wenn da nicht diese Schwäche wäre.

———

‹Ein Mensch! Nur ein fühlender, wahrhaftiger Mensch kann mich noch retten und nicht eins von den Wesen, die diesen Planeten überbevölkern. Vielleicht ist er dieser Eine. Er könnte mich bei der Hand nehmen und mich von hier fortführen. Aber welchen Grund hätte er dafür? Sie spürte die Barriere zwischen ihnen. Die unausgesprochene Übereinkunft für alles einen Grund zu brauchen. Wir sind verdammt dazu, uns ständig zu rechtfertigen, als ob unsere Existenz davon abhinge. Für ihn gibt es keinen Grund zum Handeln. Ebenso wie ich keinen Grund habe, hier zu sitzen. Meine Gedanken und Wünsche sind nicht rational. Sie sind nichts. Mein Schmerz ist nichts. Ich bin nichts. Schließlich bin nur ich es die, meinen Gefühlen diese Bedeutung zumisst.

Im Weltgeschehen spielen sie keine Rolle. Es gibt kein Recht auf Gefühle in einer Welt, die auch ohne solche funktioniert. Eigentlich sollte ich aufstehen und nach Hause gehen. Ich sollte dies alles hinter mir lassen und vergessen. Doch dazu müsste mich selbst verraten. Nein, wenn diese Welt ohne Gefühle auskommt, so kommt sie auch ohne mich aus.›

―――――

‹Was soll ich jetzt tun? Es gibt nichts was ich abwägen könnte. Auf der einen Seite ist Tatjana und auf der anderen Seite diese Frau. Beides Gefühle, die sich nicht fassen lassen. Es ist wie beim Schwimmen im offenen Meer. Ich kann das Wasser um mich herum fühlen aber mich nicht daran festhalten. Nichts darin weist mir einen Weg. Ich muss mich für eine Richtung entscheiden, und erst wenn ich das Land sehe, weiß ich ob meine Entscheidung richtig war. Ohne Land gibt es nur Wasser. Vielleicht ertrinke ich auch in meinen Gefühlen, ohne jemals festen Boden zu erreichen. Aber man muss einen Entschluss fassen, denn ohne diese Entscheidung ertrinkt man auf jeden Fall. Soll ich diese Frau ansprechen oder meinem vermeintlichen Glück hinterherlaufen? So betrachtet gibt es auf diese Frage nur eine mögliche Antwort.›

―――――

Ein lautes Rauschen durchbrach die Stille, als der Zug vorbeifuhr. Gelbes Licht aus leeren Abteilen fiel auf die Straße. Ab und zu war ein menschlicher Schatten in einem der Fenster zu sehen. Doch dieses Leben existierte nicht hier, sondern weit weg in einer anderen Dimension. Dann war es wieder still und die Nacht kehrte an ihren Platz zurück.

―――――

Er versuchte sich an das zu erinnern woran er eben noch gedacht hatte. Seine Gedanken waren nur noch bruchstückhaft vorhanden. Der Zug war dazwischengetreten. Die Zeit des Wartens war vorbei. Er hatte sich nicht zu einer Entscheidung durchringen können. Die Vergangenheit begann ihn einzuholen. Das rote Licht der Ampel erlosch und die Schranken bewegten sich nach oben. Er warf einen letzten Blick durch das Seitenfenster. Die Frau an der Bushaltestelle hatte ihren Kopf wieder sinken lassen.

‹Eigentlich habe ich keinen Grund›, dachte er und fuhr los.

Kurz vor zwei Uhr hielt er vor dem Gateway an. Als er aus dem Wagen stieg, umfing ihn die Kälte der Nacht. Der Anblick des Bistros brachte ihn in seine Wirklichkeit zurück. Jedoch konnte er die Gedanken an die Frau am Bahnübergang nicht aus seinem Kopf verdrängen. Vielmehr kam es ihm wie ein Traum vor, der nach dem Erwachen immer noch an der Erinnerung haftet. Er trat ein und sah Tatjana. Dann bemerkte die Flasche, die er in seiner Hand hielt. Ohne sich umzublicken ging er zu dem Tisch, an dem Daniel saß, und stellte den Whiskey darauf ab.

«Ich hab's doch gewusst, dass du es schaffst.», sagte sein Gegenüber und griff nach der Flasche.
Während Daniel sein Glas füllte, setze er sich. Kurz darauf trat Tatjana an ihrem Tisch.

«Da bist du ja wieder. Und du hast noch nicht einmal eine halbe Stunde gebraucht.»

«Die Strecke ließ sich ganz gut fahren.»
Auf einen solchen Augenblick hatte er gewartet. Nun würde er sie fragen was sie an den Abenden macht, an denen sie nicht hier bedient.

«Dann darfst du auf der ganzen Strecke nicht ein einziges Mal aufgehalten worden sein.»

«Ich musste nur an einem Bahnübergang halten.»

Er erschrak. Der Bahnübergang. Plötzlich begann er wieder zu schwimmen. Augenblicklich dachte er an das Gesicht der Frau und ihm wurde schwindlig. Er merkte, dass Tatjana noch etwas sagen wollte, doch er kam ihr zuvor.

«Kann ich zahlen? Ich muss morgen früh raus.»

‹Was habe ich nur für diesen Augenblick geopfert?›

Es erschien ihm unmöglich nach seinem Glück zu greifen mit dieser Frage in seinem Kopf. Als er wieder im Auto saß wurde ihm bewusst was heute Nacht geschehen war. Die Wahrheit war an ihn herangetreten und er hatte sie zurückgewiesen.

Zwei Tage lang musste er ständig an die Frau aus dieser Nacht denken. Etwas, das er nicht Gewissheit nennen wollte, hatte Besitz von seinen Gefühlen ergriffen. Er wusste, dass sie tot war doch er wollte es nicht wahrhaben. Immer wieder verwarf er diesen Gedanken und sagte sich, dass er lächerlich sei. Tagsüber war das einfach, er hatte seine Arbeit und die gewohnten Gesichter um sich herum. Es fiel ihm nicht schwer, eine Rolle zu spielen, wenn er Zuschauer hatte. In Gegenwart anderer Menschen war doch jeder ein Schauspieler. Ein Mime seiner erbärmlichen Lebensposse. Dies wurde ihm bewusst, wenn er abends nach Hause kam. Dort gab es kein Publikum. Dort gab es nur die kalte Wahrheit. Er ging ins Kino, um sich von den anderen Zuschauern in seine Rolle zwingen zu lassen. Obwohl er den Film schon kannte, schaute er sich den Streifen noch einmal an. Auf ihn wirkte es beruhigend, wenn er bereits das Ende eines Films kannte. Und so empfand er während der Vorführung in gewisser Art das Gefühl der Zeitlosigkeit. Aber sobald die Lichter im

Saal wieder angingen, stand er erneut vor seinem Leben, von dem er nicht wusste, wie es enden sollte. Nun konnte er nicht mehr den Augenblick genießen, in dem Bewusstsein, dass alles wie im Film ein gutes Ende nehmen würde.

Als er sich morgens auf dem Weg zur Arbeit eine Zeitung kaufte, war ihm klar, dass in dieser Ausgabe über sein weiteres Leben entschieden würde. Er konnte es nicht wie gewohnt fortsetzen mit einem Mord auf dem Gewissen. Erstaunt über seine eigene Ruhe, faltete er die Zeitung auseinander und begann, darin zu blättern. Dann stieß er auf den Artikel: Junge Frau von Zug überfahren. Er las von den Angaben, die ihr Freund dazu gemacht hatte, obwohl ihn das nicht interessierte. Es war auch nicht wichtig. Für ihn gab es nur den Tod und seine Sinnlosigkeit. Seine Angst war zur Gewissheit geworden, die er zusammenfaltete und auf den Beifahrersitz warf. Im Büro rauchte er, obwohl er es sich eigentlich abgewöhnt hatte. Die Tätigkeiten seiner Arbeit erschienen ihm sinnlos. Sie bedeuteten nichts im Vergleich zu dem, was er unterlassen hatte in dieser Nacht. Er spürte, dass es nicht viele Gelegenheiten gab, etwas wirklich Entscheidendes zu tun. Vielleicht gab es diese Möglichkeit auch nur einmal im Leben. Wenn dies so wäre, hätte er seine Chance vertan.

Er setzte sich und wartete darauf, dass Tatjana kam, um sich dann einen Kaffee zu bestellen. Als er sie in mit ihrem Lächeln sah, wurde ihm augenblicklich bewusst, dass er sie hasste. Sie hatte das Leben dieser Frau auf dem Gewissen. Sie hatte getötet, und nur er wusste es. Er wollte die Bedienung nicht ansehen, sie beobachten, wie er es früher gemacht hatte, und starrte auf die schwarze Tischplatte vor ihm. Dort bemerkte er Zigarettenasche, die fein verteilt darauf lag und von einem Leben kündete, das vor wenigen

Minuten hier noch verweilt hatte. Ein Mensch der ebenfalls von diesem Todesengel bedient worden war. Eine aufgeschlagene Illustrierte lag neben dem Aschenbecher, in dem sich drei Zigarettenstummel befanden. Eine der Zigaretten war nur zur Hälfte geraucht und konnte ein Zeichen für einen plötzlichen Aufbruch sein.

«Hallo, was kann ich dir bringen?»

Er bemerkte ihren Schatten, der auf ihn gefallen war und erstarrte. Dann blickte er auf und sah auf ihre entblößten Zähne. Mühevoll presste er die Worte, deren Sinn weit in der Vergangenheit lag aus sich hervor:

«Einen Kaffee, bitte.»

Schnell senkte er wieder seinen Blick. Sie drehte sich um und ging. Eine bisher nicht gekannt Kälte wehte durch seine Gedanken. Er war schuldig, denn er hatte getötet. Mit einem Lächeln war er für seine Tat belohnt worden. Das machte sie zu Komplizen, doch nur er wusste es. Auf der Fensterbank lag die Zeitung von heute, dort lag der Beweis. Ein Beweisstück, das kein Gericht akzeptieren würde und das ihn trotzdem verurteilte. Aber was war mit Tatjana? War sie auch schuldig? Er stand auf, nahm die Zeitung und setzte sich wieder. Langsam blätterte er durch die Seiten, bis er bei der Todesnachricht ankam. Dann faltete er die Zeitung so zusammen, dass der Artikel auf der obersten Seite zu sehen war.

‹Ist sie schuldig, oder hätte ich das auch für jede andere Frau getan?›

Diese Frage nagte an ihm, aber er vermochte sie nicht zu beantworten. Tatjana kam und brachte seinen Kaffee. Als sie mit ihrer Hand die Tischplatte berührte, legte er die Zeitung darüber, so dass sie die Nachricht sehen konnte. Sie erschrak und schaute ihn mit aufgerissenen Augen an.

«Hast du heute schon die Zeitung gelesen?»

«Nur flüchtig.»

«Und die Meldung von dem Selbstmord?»

Er deutete mit dem Zeigefinger auf die Überschrift. Ihr Blick glitt zu der bezeichneten Stelle, dann sah sie wieder auf.

«Ja, das habe ich gelesen.»

«Ich habe diese Frau getötet.»

«Du hast sie getötet? Aber es war doch Selbstmord.»

«Ich hätte es verhindern können.»

«Und warum hast du es nicht getan?»

«Wegen dir.»

Das Lächeln und das freundliche Desinteresse waren von ihrem Gesicht verschwunden, aber es folgte kein Entsetzen. Er sah nur eine große Leere in ihren Zügen.

«Wegen mir? Warum?»

«Du kannst dich doch sicher noch an diese seltsame Wette erinnern, wegen der ich vorgestern den Whiskey besorgt habe?»

«Ja natürlich.»

«Ich wäre nicht darauf eingegangen, wenn du nicht dabei gewesen wärst. Damit wollte ich dich einfach nur beeindrucken.»

Sie zog die Hand unter der Zeitung hervor und er sah, dass sie darauf Kaffee verschüttet hatte. Dann ließ sie sich langsam auf einen Stuhl sinken.

«Aber warum wolltest du das?»

«Kannst du dir das nicht vorstellen, oder ist es so schwer zu erraten?»

Ihr Gesicht wurde für einen Moment lang nachdenklich doch schnell breitete sich eine Ahnung darauf aus.

«Weil ich mich in dich verliebt hatte.»

Immer hatte er geglaubt, diesen Satz niemals über seine Lippen bringen zu können, doch nur war es einfach geschehen. Aber es war nur möglich, weil er sie nicht mehr lieben konnte. Die Abscheu hatte eine Distanz erzeugt, die ihn unverletzlich für jede ihrer Antworten machte.

«Und was hat das mit dieser Frau zu tun?»

«Ich sah sie am Straßenrand und wusste wie es mit ihr stand. Ich hätte sie ansprechen können, aber das Wissen um dich hinderte mich daran.»

«Aber wie war das möglich? Wie konntest du von ihren Absichten wissen.»

«Ich habe es gesehen und ich habe es gefühlt.»

«Du hast es gefühlt?»

«Ja, ich fühlte ihre Gefühle und ich dachte ihre Gedanken.»

«Und ich war dir wichtiger als diese …»

Ein Mann war neben sie getreten und beugte sich zu ihr herunter.

«Bringst Du mir bitte ein Pils?»

Sie blickte an ihm empor.

«Ein Pils? Ja … ja, sofort.»

Sie stand auf, wischte sich den Kaffee von der Hand und sah ihm ins Gesicht. Die Leere lag immer noch in ihren Zügen. Dann ging sie zur Theke.

‹Nein, sie trifft keine Schuld. Ich kann ihr die Tatsache ihrer bloßen Existenz nicht zum Vorwurf machen. Es war mein Fehler, sie zum Grund meines Handelns zu erheben.›

Er nahm ein paar Münzen aus der Tasche und legte sie neben die Zeitung auf den Tisch.

‹Ich hätte ein Leben retten können und habe es nicht getan. Also habe ich getötet. Ich bin schuldig, auch wenn ich keine Strafe dafür verlangen kann.›

Regen schlug ihm ins Gesicht als er aus dem Bistro auf die Straße trat. Eine seltsame Klarheit bemächtigte sich seiner Gedanken. Er hatte aufgehört zu schwimmen. Jedoch nicht, weil er das Land erreicht hatte, sondern weil es sinnlos geworden war. Seine Gefühle verschmolzen mit den Lichtreflexen der regennassen Stadt. Es gab keinen Unterschied mehr zwischen den Vorgängen innerhalb und außerhalb von ihm. Die Nacht und er waren eins. Es war so, als hätte seine Existenz ihn verschluckt durch die Schuld seiner unumkehrbaren Tat. Er ging durch die Straßen und fühlte sich zum ersten Mal nicht mehr mit dem Leben um ihn herum konfrontiert. Als er am Fluss angekommen war, wurde ihm bewusst, dass sein bisheriges Leben eine Illusion war. Er begriff seine Mechanismen und durchschaute seine Lügen. Nun stand er außerhalb der Gesellschaft und war allein. Hier gab es keinen Selbstbetrug mehr, weil dieser immer die Anderen brauchte. Sein Leben war der Existenz gewichen. Er zündete sich eine Zigarette an und betrachtete die schwarzen Wassermassen. Wie viele Menschen hatten in diesen Fluten schon den Tod gesucht? Auch sie hatten an diesem Ufer gestanden, bevor sie sich dem Nichts übereigneten. Er fühlte sich solidarisch mit all diesen Toten, obwohl er nicht das Verlangen spürte, ihrem Weg zu folgen. Die Gewissheit, dass der Tod nichts ändern würde, breitete sich in seinen Gedanken aus. Auge in Auge stand er der Sinnlosigkeit gegenüber. Er war an das Nichts gekettet, und doch fühlte er sich frei. Es war eine Freiheit die er nicht mehr ablegen konnte und die einzig dazu da war, ihm seine Schuld vor Augen zu führen. Er warf die Zigarette ins Wasser und steckte die Hände in die Taschen seiner Jacke. Hinter ihm lag die erleuchtete Stadt und vor ihm der schwarze Fluss.

‹Möglicherweise kann man von diesem Leben nichts anderes erwarten als den Tod.›

WATERLOO
KANN WARTEN

«Komm über die Brücke!», rief sie und winkte ihm dabei fröhlich von der anderen Seite des Baches aus zu.

Vor ihm lag ein wenig Vertrauen erweckender Holzsteg, der die beiden Ufer über einen kleinen Wasserfall miteinander verband. Er zögerte. Sollte er wirklich über diese morschen Planken gehen?

«Das ist keine Brücke, sondern ein Wehr», rief er zurück, um ein wenig Zeit zu gewinnen. Ihm erschien der Gedanke auf diesen alten, mit Moos bewachsenen Brettern den Bach zu überqueren, immer abwegiger.

«Dann ist es halt ein Wehr», antwortete Claudia und versuchte dabei ein wenig spöttisch seinen Tonfall nachzuahmen.

Vor knapp zwei Wochen hatten sie spontan beschlossen, das verlängerte Wochenende im Elsass zu verbringen. Sie lag abends mit einem Glas Rotwein in der Hand auf der Couch und bemerkte ganz beiläufig, dass es mal wieder an der Zeit wäre, ihre Eltern zu besuchen. Und dafür wäre dieses Wochenende mit dem anschließenden Feiertag geradezu ideal. Er schaute sich eine Diskussionsrunde im Fernsehen an und wollte dem Gesagten auch schon genauso beiläufig zustimmen, als ihm die Tragweite ihrer Planung bewusst wurde. Sicher mochte er Claudias Eltern, aber vier Tage dort zu verbringen war ihm einfach zu viel. Und dann noch in diesem kleinen Gästezimmer unter dem Dach. Das war an Weihnachten ja in Ordnung; aber jetzt im Sommer erschien ihm die Vorstellung, in diesem überhitzten Räumchen zu nächtigen, wenig reizvoll. Einfach nein sagen wollte er aber auch nicht, weil Claudia wegen seiner beruflichen Termine häufig zurückstecken musste. Während er so tat, als folge er interessiert den Ausführungen einer Klimaexpertin in der Fernsehdiskussion, dachte er angestrengt nach. Ihm musste etwas einfallen, um das Unvermeidliche auf ein erträgliches Minimum zu reduzieren.

«Was hältst du davon, wenn wir zuerst ins Elsass fahren und danach für eine Nacht zu deinen Eltern nach Freiburg? Wir könnten mal wieder wandern gehen und abends etwas Leckeres essen.»

Er war erleichtert, dass ihm diese salomonische Lösung so schnell eingefallen war. Vor allem der Hinweis auf die guten Restaurants war ein Köder, dem Claudia, als Genussmensch durch und durch, wohl hoffentlich nicht widerstehen konnte.

«Au ja», kam es wohlig von der Couch und er spürte, wie die Anspannung von ihm abfiel.

«Im Elsass waren wir auch schon ewig nicht mehr. Meinst du wir bekommen noch ein Zimmer in dem hübschen Bauernhof, in dem wir beim letzten Mal waren?»

«Ich schaue gleich mal nach», sagte er und griff zum Tablet auf dem Couchtisch. Natürlich freute er sich auch auf Claudias Eltern. Es waren äußerst liebenswürdige Menschen, die ihn auch rasch in den Kreis der Familie aufgenommen hatten. Ihr Vater war Richter im Ruhestand und verfügte über einen unerschöpflichen Vorrat an skurrilen oder makabren Gerichtspossen. Langweilig wurden es ihm bei den Gesprächen mit dem alten Herrn nie. Und ihre Mutter war eine herzensgute Frau, die sich an mehreren Nachmittagen in der Woche ehrenamtlich im Krankenhaus oder bei der Tafel engagierte. Er fühlte sich dort sehr wohl und verstand auch, warum sie ihre Eltern so gerne besuchte. Aber seit dem letzten Besuch schien sich etwas verändert zu haben. Oder hatte er sich das nur eingebildet? Natürlich konnte er sich täuschen, aber er hatte das Gefühl, als ob mit einem Mal die Frage im Raum stand, wie es mit Claudia und ihm weitergehen sollte.

‹Was für eine Frage?›, dachte er sich. ‹Warum konnte es nicht einfach so weitergehen, wie bisher?›

Aber die Antwort darauf war ja offensichtlich: Eine Beziehung unterliegt in gewisser Weise einer gesellschaftlichen Kontrolle, der sich der Einzelne noch entziehen kann. Aber wenn man erst mal zu zweit ist, musste das auch durch eine vorgegebene Entwicklung nach außen getragen werden.

‹Verliebt, verlobt, verheiratet … So läuft das.›

Bei dem Gedanken fühlte er sich unwillkürlich unter Druck gesetzt. Und was im Volksmund so verklärt daherkam, diente natürlich nur dem Ziel der Reproduktion – dem Erhalt der Sippe.

‹Ganz schön archaisch›, kam es ihm in den Sinn. ‹Als ob wir noch in der Steinzeit wären.›

Natürlich war ihm klar, dass Claudias Eltern sich ein Enkelkind wünschten. Und bei ihr tickte mit Mitte Dreißig die biologische Uhr laut vernehmbar, wie ein Metronom. Zwar leugnete sie das bei jeder sich bietenden Gelegenheit, aber ihre Ausflüchte waren nur halbseidene, dahin geworfene Phrasen. Er kannte sie ja schon ein paar Jahre und lügen zählte nun wirklich nicht zu ihren herausragenden Fähigkeiten. Auf eine gewisse Art fand er es auch spannend, zuzuschauen, wie lange sie diese Fassade aufrechterhalten konnte. Verlockend drängte sich die bürgerliche Lösung des Dilemmas auf. Verlobung, Hochzeit und Schwangerschaft – der Dreiklang des Establishments. Aber darüber hatte er noch nie ernsthaft nachgedacht, weil ihm das Hier und Jetzt vollkommen genügte. Alles war gut so wie es war. Und wenn Claudia schwanger würde, wäre das für ihn in Ordnung – auch ohne gesellschaftliche Rituale.

«Kommst du jetzt endlich?», hörte er sie rufen. Das prasselnde Geräusch des Wasserfalls überlagerte ihre Stimme wie das Ätherrauschen bei einem schwachen Radiosender. Er stand immer noch vor dem Wehr und blickte auf die dunklen, vom Wasser vollgesogenen Bretter. Nach und nach fielen ihm die vielen Risse und abgebrochenen Kanten auf. Wie alt mochte diese Konstruktion wohl sein?

«Ich traue dem morschen Holz nicht. Über dieses Wehr ist wahrscheinlich Napoleon schon marschiert.»
Langsam begann die Situation unangenehm zu werden und er versuchte, das Ganze ins Lächerliche zu ziehen.

«Na dann, sieh es als deine Chance, historischen Boden zu betreten», kam es postwendend vom anderen Ufer zurück. «Mich hat es doch auch ausgehalten.»

«Du bist ja auch zwanzig Kilo leichter als ich.»

«Vorwärts, Bonaparte! In dieser Richtung liegt Waterloo», lautete Claudias Antwort auf seinen Einwand.
Dabei machte sie eine ausladende Geste in die Richtung jenseits des Baches. Trotz der angespannten Situation, konnte er sich ein Lächeln nicht verkneifen. Er liebte ihren sarkastischen Humor und ihre Schlagfähigkeit. Das war auch das Erste, was ihm an ihr aufgefallen war, als sie sich vor fast fünf Jahren im Fitness-Studio kennen gelernt hatten. War das wirklich schon so lange her? Bei dem Gedanken zuckte er innerlich zusammen.

Fünf Jahre, das war die ungefähre Dauer seiner Beziehungen. Während dieser Zeit hatte er sich in den meistens Fällen mit seiner Partnerin auseinandergelebt. Das Interesse am Anderen war erloschen, und der Alltag hatte die Gefühle für einander erstickt. Unwillkürlich musste er an Iris denken. Mit ihr war er während seines Studiums zusammen gewesen. Aus heutiger Sicht war das wohl seine erste ersthafte Beziehung gewesen. Eine Bindung, die er nicht spielerisch eingegangen war, sondern mit der tiefen Sehnsucht, dass sie ein ganzes Leben lang halten sollte. Manchmal ertappte er sich noch heute, über fünfzehn Jahre später, bei dem Gedanken, dass Iris wohl die große Liebe seines Lebens gewesen war. Schön war sie und ausgesprochen intelligent, ein wenig verrückt und voller Leben. Sie verstand ihn wie keine Frau vor ihr oder danach. Dabei lebten sie eigentlich in zwei verschiedenen Welten, da er einen naturwissenschaftlichen Studiengang absolvierte und sie sich für die Geisteswissenschaften entschieden hatte. Aber mit ihr war es ein Leichtes, ihre durchaus unterschiedlichen Ansichten in Einklang zu bringen, um so aus ihren beiden Hälften ein Ganzes entstehen zu lassen. Sie standen beide noch ganz am Anfang ihres Lebens, und so erlebte er Vieles mit ihr zum ersten Mal. Eine gemeinsame Wohnung, ein Wochenende in Paris oder eine Nacht am Strand. Diese Erlebnisse waren von da an als das Original in seiner Erinnerung gespeichert, und jede Wiederholung schien nur ein Plagiat zu sein – eine minderwertige Fälschung. Er wusste natürlich, dass diese Sichtweise eine gewisse Geringschätzung gegenüber den Frauen an seiner Seite war. Allerdings hatte er sich das ja nicht ausgesucht. Und so beschlich ihn regelmäßig ein diffuses Gefühl von Schuld. Aber auch das änderte nichts. Er konnte dieses Denkmuster einfach nicht durchbrechen. Der Schatten von

Iris war übergroß und fiel auch heute noch auf sein Leben. Häufig hatte er sich gefragt, warum das so war, ohne jedoch auf eine schlüssige Antwort zu kommen. War sie so prägend für ihn gewesen oder war sie die einzige Frau, die er wirklich je geliebt hat? Die Frage schien ihm unentscheidbar und gleichzeitig diffamierend Claudia gegenüber. Sicher hatte er auch ein paar Affären gehabt in seinem Leben, meist fleischliche Beziehungen mit Verfallsdatum, aber Claudia liebte er aufrichtig. Sie war eine tolle Frau, aber eben auf ihre Art und nicht wie Iris. Ratlosigkeit machte sich in seinen Gedanken breit. Iris schien wahrhaftig die Referenz für ihn zu sein. Der Maßstab, an dem sich alle anderen messen lassen mussten. Andererseits: Wer war Iris schon? Schließlich hatte sie den Schlussstrich unter ihre Beziehung gezogen, ein Semester vor seinem Abschluss. Bei ihrem Studium lief es gerade nicht so gut und er bemerkte, dass sie immer unzufriedener wurde. Dann häuften sich die Tage an denen sie sich nachmittags bereits eine Flasche Rotwein auf machte und nur noch Bücher las, statt für Klausuren zu lernen. Als er eines Abends nach Hause kam und Iris noch in ihrem Schlafshirt lesend im Bett vorfand, beschloss er, der Sache auf den Grund zu gehen. Während er das Zimmer betrat, blickte sie auf und schaute ihn freudig lächelnd mit ihren großen, durch den Rotwein leicht glasigen wirkenden Augen an.

«Hallo Schatz. Wie war dein Tag an der Uni?»
Mit einer Handbewegung schob er den übervollen Aschenbecher zur Seite und setzte sich neben sie auf den Bettrand. Dann griff er nach ihrem Glas auf dem Nachttisch.

«Wenig ereignisreich. Ich hab' halt viel in der Bibliothek gesessen und mittags gab es Schnitzel-Pommes-Salat in der Mensa. Und wie war es bei dir so?»
Er trank einen Schluck von dem zimmerwarmen Wein und

stellte das Glas wieder zurück. Erst jetzt gab er ihr einen Kuss, weil ihn ohne den Merlot-Geschmack in seinem Mund ihre Fahne zu sehr angeekelt hätte.

«Hier ist auch nicht viel passiert. Ich hab' die Ansichten eines Clowns noch mal gelesen. Das ist so ein tolles Buch.»

«Ich finde die Geschichte unglaublich deprimierend. Mir hat das beim ersten Mal schon gereicht.»

«Aber genau das macht das Buch ja so großartig.»

Das Leuchten in ihren Augen erinnerte ihn daran, wie sehr sie die Literatur liebte. Und wenn sie zwischen ihm und ihren Büchern wählen müsste, würde er wohl den Kürzeren ziehen. Aber das störte ihn nicht, weil er ihre vergeistigte Art anziehend fand. Irgendwie schien sie nicht von dieser Welt zu sein. Als sie nach dem Rotweinglas griff, erinnerte ihn das wieder an ihren derzeitigen Zustand.

«Du, sag mal, was ist denn eigentlich los mit dir? Seit zwei, drei Wochen tust du nichts mehr für die Uni und vergräbst dich in deinen Büchern. Heute hast du es ja anscheinend noch nicht einmal unter die Dusche geschafft.»

Beschämt blickte sie nach unten.

«Ich weiß …», kam es nach einigen Momenten gedehnt aus ihr hervor. «Ich glaube das mit dem Lehramt ist nichts für mich.»

«Ja dann studier' doch etwas anderes.», erwiderte er. Oder willst du jetzt Bäckerei-Fachverkäuferin werden?», fügte er ironisch hinzu.

«Nein, aber ich habe mir etwas ganz anderes überlegt.»

«Und das wäre … ?»

«Du bist doch jetzt bald fertig mit deinem Studium und du bekommst auch ganz schnell einen Job. Junge Ingenieure mit deinem Abschluss werden doch überall gesucht.»

«Mal schauen. Noch sehe ich kein Ende bei meiner Diplomarbeit. Aber ich verstehe nicht was das mit dir zu tun hat.»

«Weißt du, ich habe mir gedacht, dass ich ja gar nicht mehr zu Ende studieren muss. Du wirst ja eh viel mehr Geld verdienen als ich. Wie wäre es denn, wenn wir beide ein Kind bekämen?»

«Ein Kind? Etwa jetzt?»

«So schnell geht das ja nicht. Aber ich stelle mir vor, dass du in einem Jahr deinen ersten Job hättest und ich mich um unsere Wohnung und das Kind kümmern würde.»

Ein Kind in die Welt zu setzen war für ihn zu diesem Zeitpunkt einfach unvorstellbar. Was wäre, wenn seine Diplomarbeit durchfallen würde oder er eben keinen Job bekäme? An so etwas dachte Iris in ihrer weltfremden Sichtweise ja nicht. Plötzlich kam er sich vor wie Hans Schnier, der die Wünsche seiner zukünftigen Frau einfach abnicken sollte. Natürlich hätte er gerne ein Kind mit ihr, aber erst wenn er fest angestellt war. Und ebenso wie im Buch zerbrach ihre Beziehung an der nachfolgenden Diskussion. Iris gab ihre Idee auch nüchtern nicht auf und er vermochte sie nicht von seinem Sicherheitsdenken zu überzeugen. Zwei Wochen später war sie zu einer Freundin in eine WG gezogen. Auch wenn er glaubte, richtig und rational gehandelt zu haben, sah er sich trotzdem als Verursacher der Trennung. Als er einige Monate später für seine erste Anstellung nach Bonn gezogen war und sie nicht mehr in derselben Stadt wohnten, stellte er sich häufig die Frage, wie sein Leben jetzt wohl aussehen würde, wenn er auf Iris' Idee eingegangen wäre. Ausgerechnet in Bonn musste die erste Station seiner beruflichen Karriere sein, die Stadt, in der das Buch von Heinrich Böll handelte. Auch das trug seinen Teil dazu bei, dass die Erinnerung an Iris nicht verblasste. Nach drei Jahren, die ihm manchmal wie ein Martyrium vorkamen, ergriff er die erste Gelegenheit, sich in eine andere Stadt versetzen zu lassen. Dort wurden die Gedanken an Iris weniger und sein Leben schien sich wieder zu normalisieren. Als seine nächste Beziehung nach rund fünf Jahren endete, erkannte er zum ersten Mal, dass diese Zeitspanne wohl eine Konstante in seinem Leben darstellte. Dann passierte das gleiche noch einmal, und er hielt sich für unfähig, eine länger andauernde Partnerschaft führen zu können. Und nun hatte seine Beziehung mit Claudia ebenfalls diese Zeitgrenze erreicht. Ganz unwillkürlich fragte er sich, ob es schon Anzeichen für ein nahendes Ende gab. Natürlich hatte in ihrem Zusammenleben ein gewisser Alltag Einzug gehalten. Aber war das nicht vollkommen normal? Oder war er einfach nicht in der Lage, die warnenden Vorzeichen zu erkennen?

‹Nein, mit Claudia ist es nicht so, wie mit den anderen›, versuchte er sich zu beruhigen. ‹Es läuft doch alles ganz gut. Vielleicht wäre jetzt der Zeitpunkt gekommen, mal über Heiraten und ein Kind nachzudenken.›
Genau das könnte die Lösung sein, um diesen wiederkehrenden Kreislauf von zusammenkommen und trennen zu durchbrechen. Statt in der Gegenwart zu verharren, könnte er auch damit beginnen, die Zukunft zu gestalten. Möglicherweise war nun der Punkt erreicht, um die Beziehung auf eine neue Ebene zu bringen. Einen Moment, den er in der Vergangenheit immer verpasst hatte. Aber diesmal wollte er alles richtig machen.

«Sieh her, das ist doch ganz stabil», hörte er Claudia vom anderen Ufer rufen.
Sie hatte sich in der Zwischenzeit einen Schritt auf das Wehr begeben und wippte ein wenig auf und ab. Ihr Gesichtsaus-

druck verriet ihm, dass sie sich ihrer Sache allerdings nicht ganz sicher war.

«Also gut», antwortete er. «Ich werde es wagen. Aber wenn ich jämmerlich absaufe, ist das deine Schuld.»

«Ich denke du kannst schwimmen», kam es schnippisch zurück.

Er setzte einen Fuß auf das nasse Holz und verlagerte langsam sein Gewicht darauf. Die betagte Konstruktion schien zu halten und so hob er den anderen Fuß vom sicheren Ufer und setzte ihn vorsichtig neben den ersten. Das Wehr war wohl stabiler als es den Anschein hatte. Beim nächsten Schritt fielen ihm seine Überlegungen zu ihrer Beziehung wieder ein. Es war ihm klar geworden, dass etwas geschehen musste, und das nicht nur, um die Erwartungen von Claudias Eltern zu erfüllen.

‹Wenn ich drüben bin, werde ich sie fragen ob sie mich heiraten will›, kam es ihm in den Sinn.

Der flüchtige Gedanke gefiel ihm bei genauerer Betrachtung immer besser. Zuallererst, und das war vielleicht das Wichtigste, würde sie vollkommen überrascht sein. Hinzu kam, dass es ein wunderbarer Sommertag war, den sie gemeinsam im Elsass verbrachten. Hier bei diesem Bachlauf am Waldrand würde er um ihre Hand anhalten. Eine schöne Vorstellung. Er war sich sicher, dass das Claudia auch gefallen würde. Zuversichtlich ging er einen weiteren Schritt auf sie zu. Dann passierte es. Ohne ein wahrnehmbares Geräusch gab das modrige Brett unter seinem Gewicht plötzlich nach. Dabei spürte er jedoch kein ruckartiges Brechen, wie er es für Holz erwartet hätte. Stattdessen fühlte es sich an wie das Einsinken in schweren Morast. Augenblicklich versuchte er sein Gleichgewicht auf das andere Bein zu verlagern, jedoch ohne Erfolg. Mit einer schnellen Bewegung gelang es ihm noch mit beiden Händen den Rahmen des Stauwehrs zu ergreifen und sich daran festzuhalten. Eine Sekunde später hing er von der Brust an abwärts im Wasser des Bachs, dass ihm ziemlich kalt vorkam. Während die Strömung an seinen Armen riss, versuchte er sich langsam in Richtung des vor ihm liegenden Ufers zu hangeln. Dabei berührten seine Füße gelegentlich einige größeren Steine im Bachbett. Diese waren aber zu rutschig, um ihm einen sicheren Halt zu bieten. Als er kurz zur Seite blickte, sah er hinter der aufgewirbelten Gischt des Wasserfalls Claudia erstarrt dastehen. Sie hielt beide Hände vor Mund und Nase, ganz so als hätte sie einen Schrei schnell noch unterdrückt. Langsam und mit einiger Anstrengung erreichte er das sichere Ufer. Als er dort erschöpft auf den Boden sank, kauerte sich Claudia neben ihn und legte ihm liebevoll ihren Arm um die Schulter.

«Das tut mir leid, mein Schatz», hörte er sie sagen.

«Du kannst doch nichts dafür. Die Franzosen hätten diese Brücke ruhig mal sanieren können seit der Revolution.»

«Das ist keine Brücke, sondern ein Wehr.»
Diesmal war kein Spott in ihrem Einwand vernehmbar. Nach einer kurzen Pause fügte sie leise hinzu:

«Das habe ich eben gelernt.»
Statt einer Antwort lächelte er ihr zu. Er wollte nicht, dass sie viel Aufhebens um diesen Vorfall machte. Und so bat er sie um eine Zigarette, da seine nass geworden waren. Eine Weile lang saßen sie schweigend am Ufer und rauchten. Dann erhob er sich, reichte ihr die Hand um ihr hoch zu helfen und sagte:

«Komm Joséphine, lass uns zurück zur Pension gehen. Waterloo kann warten. Ich würde gerne einen Kaffee trinken und mir etwas Trockenes anziehen.»
Als sie aufgerichtet neben ihm stand, umarmte er sie und sie

küssten sich lange. Danach gingen sie Hand in Hand den Bach entlang und hielten Ausschau nach einer Möglichkeit, um auf das gegenüber liegende Ufer zu kommen. Wortlos schritten sie den ausgetretenen Pfad entlang in den wärmenden Strahlen der Nachmittagssonne. Eine nicht gekannte Zufriedenheit breitete sich in ihm aus, als er bemerkte, dass er nirgendwo lieber wäre, als an diesem Ort mit dieser Frau. Alles war gut. Warum sollte er dann Fragen nach der Zukunft stellen?

EINER VON UNS

Er kam gerade zur Wohnungstür herein, als er den Signalton für eine neue Nachricht von seinem Handy vernahm. Schnell stellte der Achtunddreißigjährige die Tüte mit seinem Abendessen vom Asia-Imbiss auf den Tisch und ließ den Schlüsselbund danebenfallen. Dann warf er seinen Mantel über die Stuhllehne und zog das Telefon aus der Hosentasche. Während er den Messenger öffnete, ging er in die Küche. Auf dem Display erschien eine neue Nachricht von Martin:

Sonntag fällt leider aus. Julian ist immer noch krankgeschrieben.

Er nahm eine Dose Bier aus dem Kühlschrank und öffnete sie. Während er trank, blickte er noch mal auf die Nachricht. Was war denn bloß los mit Julian? Der Ingenieur war jetzt schon seit sechs Wochen krank und hatte auch keine seiner Nachrichten beantwortet. Je länger er darüber nachdachte, um so merkwürdiger erschien ihm die Sache. Kurz entschlossen rief er Martin an, um mehr zu erfahren. Nach dreimal klingeln ging der dran:

«Kannst Du nicht schlafen?», grummelte der Angerufene mit fränkischem Dialekt.

«Ich bin gerade erst von einem Termin heimgekommen.»

«Und ich geh' gerade ins Bett. Ihr Journalisten habt schon

einen merkwürdigen Tagesrhythmus. Warum rufst du denn an?»

«Ich wollte fragen, was mit Julian los ist.»

«Er ist krank. Das habe ich dir doch geschrieben.»

«Das habe ich auch gelesen. Aber was ist das für eine Krankheit, mit der man sechs Wochen lang krankgeschrieben ist?»

«Das weiß ich doch nicht», antwortete Martin schnoddrig.

«Ich dachte du wüsstest vielleicht ein wenig mehr. Schließlich wohnt ihr ja fast nebeneinander.»

«Da muss ich dich leider enttäuschen. Ich hab' Julian auch schon ewig nicht mehr gesehen.»

Die Beiläufigkeit, mit der Mann aus Franken das sagte, erschien ihm merkwürdig. Schließlich arbeitete Martin als Techniker mit Julian in derselben Abteilung. Darüber hinaus waren die beiden seit vielen Jahren eng befreundet.

«Kannst du mir vielleicht sagen, warum er nicht auf meine Nachrichten antwortet?»

«Du bist nicht der einzige, dem er nicht antwortet. Ich habe lediglich von Sarah eine Nachricht bekommen, dass er weiterhin krankgeschrieben ist.»

Das klang für ihn jetzt äußerst unwahrscheinlich. Immerhin sahen sich Sarah und Katrin, die Frauen der beiden, fast täglich und fuhren auch zusammen zum Einkaufen.

«Findest du das nicht merkwürdig?»

«In der Firma ist gerade so viel zu tun mit dieser Umstrukturierung, da habe ich keine Zeit, um mir auch noch darüber Gedanken zu machen.»

«Na dann geh mal ins Bett. Und entschuldige die Störung.»

«Ist schon in Ordnung. Gute Nacht.»

«Schaf gut.»

Während er das Bier leerte, beschlich ihn das Gefühl, dass der Techniker ihm etwas vorenthielt. Immerhin kannte er Martin und Julian schon einige Jahre. Alle drei hatten fast zur gleichen Zeit bei dem Unternehmen angefangen und sich als Neulinge rasch kennen gelernt. Allerdings arbeitete er nicht in der Entwicklungsabteilung, wie die beiden anderen, sondern im Bereich Öffentlichkeitsarbeit. Seit jener Zeit trafen sie sich zum gemeinsamen Mountainbike-Fahren in den Wäldern der Umgebung. Diese Tradition führten sie auch noch fort, nachdem er zu einer anderen Firma gewechselt war. Der Journalist hatte sich nie so richtig mit der ländlichen Region, in der der mittelständische Betrieb ansässig war, anfreunden können und war deshalb bereits nach drei Jahren zu einem neuen Arbeitgeber in einer größeren Stadt gewechselt. Julian und Martin hingegen schien das Leben auf dem Land nichts auszumachen. Sie hatten beide eine Familie gegründet, ein Grundstück gekauft und ein Haus gebaut. Vieles bei ihnen schien ganz ähnlich zu verlaufen. Sie waren beide angekommen und hatten in dem kleinen Ort Wurzeln geschlagen, während er nach wie vor zur Miete wohnte und seine Beziehungen nicht auf Dauer ausgelegt waren.

Am nächsten Tag suchte er auf der Internetseite seines ehemaligen Arbeitgebers nach dem Leiter der Entwicklungsabteilung. Erleichtert stellt der Achtunddreißigjährige fest, dass es immer noch Heinrich Brunner war. Er hatte mit dem Alten, wie seine Mitarbeiter ihn respektvoll nannten, im Rahmen seiner Arbeit einige Male zu tun gehabt. Als er die Telefonnummer wählte, hoffte er, dass Brunner sich auch an ihn erinnern würde. Seine Sorge erwies sich jedoch als unbegründet. Der Alte wusste sofort, wer er war und dass er das

Unternehmen verlassen hatte. Trotz der geänderten Vorzeichen fragte ihn Brunner freundlich:

«Was kann ich denn für Sie tun?»

«Es geht um Julian Heller. Wir treffen uns noch ab und zu zum Mountainbike fahren. Allerdings habe ich seit über sechs Wochen nichts mehr von ihm gehört.»

«Ja, der Herr Heller», murmelte Brunner nachdenklich. «Wir könnten ihn hier auch ganz gut gebrauchen.»

«Ich weiß nur, dass er krankgeschrieben ist. Als sein Freund mache ich mir selbstverständlich Sorgen. Das verstehen sie doch?»

«Natürlich verstehe ich das. Aber ich bin mir nicht sicher, wie ich ihnen da weiterhelfen kann.»

«Ich dachte, dass sie mir vielleicht den Grund für seine Krankschreibung nennen könnten.»

«Das kann ich leider nicht tun. Abgesehen davon steht auf der Krankschreibung auch keine Diagnose.»
Im Hintergrund hört er, wie Brunner einen Aktenordner öffnete, die Bindung löste und darin zu blättern begann.

«Möglicherweise gibt es ja ein Gerücht, das ihnen zu Ohren gekommen ist.»

«In so einer Abteilung wird viel Unsinn erzählt.»
Das Blättern hatte aufgehört und der Alte fuhr fort:

«Manche sagen, er hätte etwas an der Psyche, dann wäre der nächstgelegene Arzt wohl in Herholzbach. Aber ich glaube nur das, was ich Schwarz auf Weiß vor mir habe.»
Nach dem letzten Wort hörte er, wie der Aktenordner geschlossen wurde.

«Wie gesagt, da kann ich ihnen leider nicht weiterhelfen.»
Der Achtunddreißigjährige bedankte sich für das Gespräch und legte auf. Brunners letzte Bemerkung hatte ihn jedoch aufhorchen lassen. Ob er ihm damit einen Hinweis geben

wollte? Schnell tippte er die Suchbegriffe ‚Arzt' und ‚Herholzbach' in die Browserzeile seines Computers ein. Einen Augenblick später erschien die Liste der Suchergebnisse auf seinem Bildschirm. In dem Städtchen gab es neben einiger anderer Medizinern auch einen Psychiater: Dr. Albert Roth. Der Journalist musste schmunzeln. Der Alte hatte ihm doch tatsächlich einen Tipp gegeben. Dann griff er zu seinem Telefon und schickte Martin eine Nachricht:

Ich habe gehört, dass Julian bei Dr. Roth in Behandlung ist. Kurze Zeit später kam die Antwort des Technikers:

Lass uns heute Abend telefonieren.

Gegen halb neun klingelte sein Handy. Der der Achtunddreißigjährige hatte die Nachrichten geschaut und schaltete den Fernseher auf lautlos, bevor er den Anruf annahm.

«Wie hast du das denn erfahren?», begann der Mann aus Franken ohne Umschweife das Gespräch.

«Ich wollte wissen, was mit Julian los ist, deshalb habe ich ein wenig recherchiert. Das ist so eine Art Berufskrankheit.»

«Und was hast du sonst noch rausbekommen?»

Mehr wusste er ja nicht, aber um Martin aus der Reserve zu locken, hielt er es für angebracht ein wenig zu bluffen.

«Nicht viel. Außer, dass er an einer schweren Depression leidet.»

Eine Depression war selbstverständlich der naheliegendste Grund für die Behandlung bei einem Psychiater. Auf jeden Fall genügte es, dass der Techniker darauf einstieg.

«Die hat er schon seit seiner Jugend. Wahrscheinlich eine erbliche Veranlagung. Es wurde jedoch schlimmer, nachdem er und Sarah ihr erstes Kind verloren hatten. Vielleicht erinnerst du dich noch daran.»

«Ja, ich erinnere mich. Das war kurz bevor ich weg ging.»

«Sie haben danach zwar Florian bekommen, aber Julian hat den Verlust nie wirklich überwunden.»

Dass der Tod seines Kindes bei seinem Freund eine solche Auswirkung hatte, wäre ihm nie in den Sinn gekommen. Julian, Sarah und Florian waren für ihn immer der Prototyp der perfekten Kleinfamilie gewesen. Nun, da sich diese Vorstellung als ein Trugbild herausstellte, kam er sich etwas naiv vor. Der Achtunddreißigjährige brauchte ein wenig Zeit, um sich an diese neue Realität zu gewöhnen und zündete sich eine Zigarette an.

«Bist du noch dran?», fragte Martin nach einer Weile.

«Ja, bin ich», antwortete er abwesend. «Das hatte ich nicht erwartet. Julian machte auf mich immer einen sehr positiven Eindruck – auch damals.»

«Mich hat er auch getäuscht.»

«Genau das ist ja das Fatale. Wir blickten einem Menschen immer nur vor die Stirn, aber nicht dahinter.»

«Ich habe es erfahren, weil Sarah mit Katrin darüber gesprochen hat. Für sie ist die Krankheit ihres Mannes sehr belastend.»

«Und wie geht es Julian zurzeit?»

«Diesmal ist es besonders schlimm. Da die Erhöhung der Medikamentendosis nichts brachte, hat er beschlossen sich in die Forberg-Klinik einweisen zu lassen. Er will sich unter ärztlicher Kontrolle auf ein neues Präparat einstellen lassen. Ab Freitag ist dort ein Bett für ihn frei.»

Die Psychiatrie als letzten Ausweg zu wählen, war für den Journalisten eine sehr bedrückende Vorstellung. Er überlegte, ob es nicht eine Möglichkeit gab, Julian diesen schweren Gang ein wenig leichter zu machen.

«Was hältst du davon, wenn wir ihn am Wochenende besuchen? Dann finden doch eh keine Behandlungen statt.»

«Das klingt für mich nach einer guten Idee. Ich kann mir vorstellen, dass es für Julian auch eine Erleichterung ist, seine Krankheit nicht mehr vor dir verstecken zu müssen.» So verabredeten sie sich, ihrem Freund am folgenden Sonntagnachmittag einen Besuch abzustatten, und beendeten das Gespräch. Danach saß er noch eine ganze Weile regungslos da und schaute auf die bewegten Bilder des Fernsehers, die ohne Ton keinerlei Sinn ergaben. So ähnlich verhielt es sich auch im menschlichen Miteinander. Man sah nur ein Abbild der Welt um sich herum, ohne eine Erklärung dafür zu erhalten. Damit war es dem Einzelnen überlassen, aus diesen Eindrücken seine eigene Wirklichkeit zu formen. Er stand auf und ging in die Küche, um sich ein Glas Brandy einzugießen. Das eben Gehörte klebte zäh und schwer an seinen Gedanken. Bis er zu Bett ging, hatte er das Glas noch einige Male nachgefüllt.

Am folgenden Sonntag holte er Martin gegen Mittag ab. Ohne viele Worte zu wechseln fuhren sie die Strecke von rund sechzig Kilometern zur Klinik. Die Einrichtung lag weithin sichtbar als Ansammlung mehrerer Gebäude auf dem Rücken eines dicht bewaldeten Berges. Sarah hatte dem Techniker beschrieben, in welchem der Häuser Julian untergebracht war und ihm seinen Besuch angekündigt. Als sie vor der großen Glastür der Station angelangt waren, mussten sie feststellen, dass diese verschlossen war. Martin klingelte ein paar Mal, bevor sich eine männliche Stimme über die Wechselsprechanlage meldete. Nachdem der Mann aus Franken ihr Anliegen ins Mikrofon gesprochen hatte, erschien ein Pfleger, um die Tür aufzuschließen und sie hereinzulassen. Während er die Tür wieder abschloss, teilte er ihnen in einem lapidaren Tonfall mit:

«Wir wissen leider nicht, wo Herr Heller sich zurzeit befindet. Anscheinend hat er die Station ohne unser Wissen verlassen.»

«Aber wie ist das denn möglich?», fragte Martin ungläubig und blickte dabei auf die verschlossene Tür.

«Ein Patient hat uns berichtet, dass er über den Zaun des Außenbereichs geklettert ist», antwortete der Pfleger und fügte rasch hinzu: «Das hier ist eine Klinik und kein Gefängnis. Lediglich unsere geschlossenen und forensischen Stationen sind speziell gegen Fluchtversuche gesichert.»

Während er noch sprach, war eine junge Pflegerin aus dem verglasten Stationszimmer am Ende des Gangs mit schnellen Schritten zu ihnen gekommen. Sie hielt ein schnurloses Telefon in der Hand und machte einen nervösen Eindruck. Ohne sich um ihn oder Martin zu kümmern, erstattete sie ihrem Kollegen Bericht:

«Der Pförtner hat gerade angerufen. Anscheinend hat Herr Heller einer Besucherin die Schüssel ihres Autos entrissen und ist damit fort gefahren.»

«Verdammter Mist», rief der Pfleger halblaut aus. «Dann müssen wir jetzt die Polizei einschalten.»

«Das hat der Pförtner bereits getan», entgegnete die junge Frau. «Er hat der Polizei auch eine Beschreibung des gestohlenen Fahrzeugs gegeben.»

Der Mann im weißen Kittel fuhr sich mit beiden Händen über das Gesicht und atmete tief durch. Dann schien er sich wieder an die zwei Besucher zu erinnern und wandte sich ihnen zu.

«Ich denke sie haben alles mitbekommen», sagte er in einem betont ruhigen Tonfall. Ein leichtes Zittern in seiner Stimme verriet dem Achtunddreißigjährigen jedoch, dass der Pfleger nervös war.

«Herr Heller hat offensichtlich ein Auto gestohlen und wird nun von der Polizei gesucht. Haben sie vielleicht eine Idee wohin er unterwegs sein könnte?»

«Ich kann mir nur vorstellen, dass er zu seiner Frau und seinem Kind will», antwortete Martin mit gesenkter Stimme, noch merklich unter dem Eindruck der Ereignisse.

Das Schweigen, das nun folgte, sagte dem Journalisten, dass diese Vermutung keine neue Erkenntnis für den Pfleger darstellte. Ihm war klar, dass sie spätestens jetzt hier nichts mehr verloren hatten. Obwohl er nicht glaubte, dass das Julians Ziel war, fasste er Martin an der Schulter und sagte:

«Komm, lass uns zu Sarah fahren. Vielleicht ist er ja bereits auf dem Weg zu ihr und Florian.»

Als sie am Auto angekommen waren, griff der Mann aus Franken nach seiner Jacke auf dem Rücksitz und nahm sein Handy aus der Innentasche.

«Wen willst du denn jetzt anrufen?»

«Sarah natürlich»

«Tu das nicht. Ich denke es ist besser, wenn sie von uns persönlich erfährt was vorgefallen ist.»

Martin nickte und steckte das Telefon zurück in die Jacke. Für die Rückfahrt wählte der Achtunddreißigjährige den Weg über die Landstraße statt der Autobahn. Er versprach sich von dieser Strecke mehr Abwechslung, die sie beide vielleicht ein wenig vom Grübeln abhielt. Darüber hinaus hatte er es auch nicht eilig, Sarah unter die Augen zu treten und ihr von den Geschehnissen zu berichten. So fuhren sie durch die hüglige, von dichtem Wald überzogene Landschaft. Ab und zu durchquerten sie eine kleine Ortschaft mit alten Häusern aus rotem Sandstein, um direkt danach wieder unter dem dichten Blätterdach abzutauchen. Es war kurz nach Fünf, als er den Wagen vor dem Haus der Hellers abstellte. Beim Aussteigen bemerkte er Sarah, die am Küchenfenster stand und sie mit ernster Miene beobachtete.

Viel später saß er zuhause auf der Couch und zappte gedankenverloren durch die Fernsehkanäle. Dem Journalisten wurde bewusst, dass dieser Tag wahrscheinlich einer der schrecklichsten in seinem Leben war. Er fand einfach keine Sendung, die ihn auch nur ein wenig von den heutigen Erlebnissen ablenken konnte. Immerfort musste er an Sarah denken und wie sie auf ihren Bericht aus der Klinik reagiert hatte. Weinend war sie am Tisch zusammengesunken. Zum Glück war Katrin da, die sich liebevoll um ihre Freundin kümmerte. Schluchzend frage Sarah immer wieder, wo Julian nur hin wollte mit dem gestohlenen Auto. Eine Frage auf die es keine Antwort gab und die Raum für düstere Spekulationen bot. Spät erst war der Achtunddreißigjährige nach Hause gefahren, weil er insgeheim auf einen erlösenden Anruf der Klinik oder der Polizei gehofft hatte. Doch nichts desgleichen war geschehen. Julian blieb verschollen. Auf der Heimfahrt musste er unentwegt an seinen Freund denken, der in seiner Vorstellung verzweifelt durch die Nacht fuhr.

Genervt von der erfolglosen Sendersuche, warf er die Fernbedienung auf den Couchtisch vor ihm. Dann griff er nach seinen Zigaretten und zündete sich eine an. Während er langsam inhalierte, dachte er an Julian und wie sie sich kennengelernt hatten. Ganz unwillkürlich erinnerte er sich an gemeinsame Geburtstagsfeiern, Betriebsausflüge und Mountainbike-Touren. Als er ihn so in seiner Erinnerung vor sich sah, musste er sich eingestehen, dass er ihn wohl nie wirklich gekannt hatte. Er kannte nur seine smarte, gewinnende Art. Den erfolgreichen Ingenieur und liebevollen Familienvater. Doch seit ein paar Tagen wusste er von seiner dunklen Seite, die er gekonnt vor allen Außenstehenden verborgen hatte. Zum ersten Mal sah er die Verzweiflung und Hoffnungslosigkeit in seinen Gedanken. Er sah den Getriebenen, der um die Schönheit des Lebens wusste, aber den entgegengesetzten Weg eingeschlagen hatte. Alleine in tiefer Dunkelheit am Rande eines Abgrunds. Und trotz allem bemüht, sich nichts anmerken zu lassen, um weiterhin dazu zu gehören, ein Teil der Gesellschaft zu sein. Aber warum war das so wichtig? Vielleicht verbergen die Menschen ihre Abgründe vor einander, um sich das Zusammenleben erträglicher zu machen.

Als der Achtunddreißigjährige den Signalton seines Telefons hörte, wusste er nicht, ob er nur nachgedacht hatte oder bereits eingeschlafen war. Alles wirkte so irreal auf ihn, wie in einem Traum. Er griff neben sich und blickte auf das Display. Martin hatte geschrieben:

Bist du noch wach?

Ich denke schon, tippte er als Antwort.

Wenige Augenblicke später klingelte sein Telefon. Es war der Mann aus Franken. Er wusste sofort, dass etwas passiert sein musste.

«Hallo Martin, was ist los?»

«Julian ist tot.»

Ihm stockte der Atem. Er hörte, wie der Satz einige Male in seinem Kopf nachhallte, bevor er seinen Sinn vollends erfassen konnte.

«Wie ist das passiert?»

«Eben waren zwei Polizisten bei Sarah und haben erzählt, dass der gestohlene Wagen auf dem Standstreifen der Autobahnbrücke gefunden wurde. Darin lagen Julians Jacke und seine Papiere. Es gab wohl einige Anrufe aus vorbeifahrenden Autos, die die Annahme bestätigen, dass Julian über die Brüstung geklettert und hinuntergesprungen ist.»

Die furchtbare Wahrheit stand nun im Raum. Doch noch waren es nur Indizien, die sich vielleicht widerlegen ließen.

«Aber haben sie ihn auch gefunden?»

«Die Polizisten sagten, dass das Tage, vielleicht auch Wochen dauern kann. Die Brücke ist schließlich 150 Meter hoch, da haben Absprungwinkel und Windrichtung einen erheblichen Einfluss auf ...»

Martin sprach den Satz nicht zu Ende. Es war klar, dass er für das Grauenhafte keine vermittelnden Worte fand. Nach einem kurzen Schweigen fragte der Achtunddreißigjährige:

«Und Sarah?»

«Sie hat einen regelrechten Zusammenbruch erlitten. Wir mussten einen Arzt rufen, der ihr ein Beruhigungsmittel gegeben hat. Zum Glück schläft sie jetzt. Katrin ist bei ihr geblieben und ich habe Florian mit zu uns genommen.»

«Bessere Freunde als euch kann man sich nicht vorstellen.»

«Red' keinen Quatsch. Wir haben nur das getan, was jeder andere auch gemacht hätte.»

«Wenn du meinst», lenkte er ein.

Ihm stand nicht der Sinn danach, diesen Punkt weiter zu vertiefen. Allerdings rang ihm die Selbstverständlichkeit, mit der Martin und seine Frau ohne großes Nachdenken das Richtige taten, schon eine gewisse Bewunderung ab. Fast schien es ihm, dass die beiden einen klareren Blick auf das Leben hatten, als viele andere, ihn eingeschlossen. Vielleicht konnte der Mann aus Franken ihm auch die Frage beantworten, die ihn beschäftigte, seit er von Julians Tod wusste:

«Und warum, denkst du, hat er das gemacht?»

«Er sah wohl keinen anderen Ausweg mehr.»

Die Antwort klang einfach, erfasste jedoch das Schreckliche in vollem Umfang. Im Grunde gab es nur die Entscheidung für oder gegen das Leben. Eine Abwägung, die kein Vielleicht zuließ. Nachdenklich führte der Journalist seinen Gedankengang fort:

«Wie schlecht muss es einem Menschen gehen, wenn das für ihn die letzte Alternative ist?»

«Ich weiß es nicht. Aber ich kann nur hoffen, dass wir so etwas niemals erleben müssen.»

Nun hatte er keine Fragen mehr. Julian war seinen unumkehrbaren Weg gegangen, und sie mussten lernen, mit dieser Tatsache umzugehen. Er merkte, wie sich die Anspannung des Tages löste und er sich mit einem Male müde und erschöpft vorkam. Sämtliche Gedanken schienen sich aus seinem Kopf zu verflüchtigen und hinterließen eine große Stille in ihm. Mühevoll rang er sich einen letzten Satz ab:

«Danke für deinen Anruf, Martin. Halte mich bitte auf den Laufenden.»

«Das mache ich.»

Er hörte noch ein Knacken und die Verbindung war beendet. Dann spürte er, wie das Gefühl einer absoluten Leere langsam Besitz von ihm ergriff. Aber es war genau diese Abwesenheit aller menschlichen Regungen, die ihm vor Augen führte, am Leben zu sein.

Die Trauerfeier fand zehn Tage später in der kleinen Kirche der Gemeinde statt. Julians sterbliche Überreste waren bis zu diesem Zeitpunkt noch nicht aufgefunden worden.

GETEILTES LEID

Sie wollten sich zum Abendessen im Laokoon treffen; einem griechischen Restaurant in der Innenstadt. Er war etwas früher gekommen, um sich am Tresen mit ein paar doppelten Wodkas auf das anstehende Gespräch einzustimmen. Ouzo wäre zwar passender gewesen, aber er wollte nicht, dass Lukas seine Alkoholfahne bemerkte. Obwohl er nicht wusste, worum es in dem Gespräch eigentlich gehen sollte, sagte ihm eine Vorahnung, dass ein paar Gläser Hochprozentiger sicher ganz hilfreich wären, um die Neuigkeiten zu verdauen. Genau genommen war es bereits das Gespräch an sich, dass ihn nervös machte. Seit ein paar Jahren schon hatte er sich nicht mehr mit seinem Bruder unterhalten, abgesehen von ein paar Sätzen bei Familienfeiern. Zu diesen Gelegenheiten bestand eine stillschweigende Übereinkunft zwischen ihnen, ihren Zwist nicht in die Öffentlichkeit zu tragen. Immerhin hielt sich Lena von solchen Ereignissen fern. Er blickte auf die Uhr an seinem Handgelenk. Zehn vor Neun. Da sein von Akribie besessener Bruder stets auf die Minute genau zu erscheinen pflegte, konnte er sich in aller Ruhe noch ein Glas bestellen. Dazu hob er zwei Finger in die Höhe und zeigte, als der junge Mann hinter den Tresen das Zeichen bemerkte, auf sein leeres Glas. Dieser lächelte wissend, nickte ihm zu und machte sich umgehend an die Zubereitung eines weiteren doppelten Wodkas.

‹Schade, dass ich mich nicht mit Lukas durch Gebärden verständigen kann. Das würde mir eine Menge von seinen gestelzten Monologen ersparen.›

Diese Besserwisserei ging ihm ganz schön auf die Nerven. Nur weil sein Bruder älter war als er, nahm er sich das Recht heraus, zu allem Gesagten noch etwas hinzufügen zu müssen. Generell fand er die Gespräche mit ihm sehr anstrengend, weil Lukas durch seine Art diese immer vom Hundertsten aufs Tausendste brachte, statt bei der Sache zu bleiben. Hinzu kam noch, dass er bei jeder sich bietenden Gelegenheit den Oberlehrer raushängen ließ. Es war einfach zum Kotzen und machte ihn schon nach wenigen Minuten aggressiv. Der junge Mann stellte ihm mit einem freundlichen Lächeln den Wodka hin. Er hob den Kopf, um kurz zurück zu lächeln und das leere Glas in seine Richtung zu schieben.

‹Was um alles in der Welt will dieser Idiot eigentlich von mir? Wir haben uns doch noch nie zum Essen getroffen.›

Er nippte an seinem Glas und stellte fest, dass der Alkohol ihn keineswegs beruhigte. Stattdessen wühlte der langsam einsetzende Rausch alte Erinnerungen in ihm auf. Eigentlich hätte er mit so etwas rechnen müssen, als er gegen Mittag die Nachricht mit der Einladung zum Abendessen erhalten hatte. Verwundert hatte er sich bedankt und nach dem Grund für das Treffen gefragt. Die Nachricht wurde auf seinem Handy zwar als gelesen angezeigt, jedoch blieb ihm Lukas eine Antwort schuldig. Während er sich den Gesprächsverlauf auf dem Display anschaute, begann er zu überlegen welchen Anlass es für dieses Treffen geben könnte. Vielleicht war er in der Klemme und brauchte Geld. Aber das erschien ihm bei seinem übervorsichten Bruder vollkommen abwegig. Schließlich verdiente er auch nicht schlecht als Prokurist einer großen Baufirma. Und wenn er krank war und demnächst sterben müsste? Dann würde er die Rechnung für das Essen übernehmen, kam ihm als erste Reaktion in den Sinn. Das Wohlergehen seines Bruders war ihm schon seit geraumer Zeit ziemlich egal. Er spürte, dass der Wodka in seiner Blutbahn diese Haltung noch verstärkte. Der Blick auf die Uhr sagte ihm, dass Lukas in einer Minute hereinkommen würde, und so trank er sein Gas leer, um sich an den reservierten Tisch zu setzen. Es erschien ihm wichtig, einem solchen Perfektionisten mit einer gewissen Genauigkeit zu begegnen. Kaum hatte er sich niedergelassen, erblickte er seinen Bruder auch schon in der Eingangstür. Sehr ordentlich gekleidet mit Anzug und Krawatte. Allerdings ließ beides einen guten Geschmack bitterlich vermissen. Als Lukas zum Tisch kam begrüßte er ihn betont leger:

«Pünktlich wie immer.»

«L'exactitude est la politesse des rois», war Lukas' Antwort.

«Ach spar's dir doch einfach, oder bist du jetzt zum absolutistischen Herrscher in deiner Firma befördert worden?»

«Nein, das nicht gerade, obwohl es manchmal ganz praktisch wäre.»

«Weiß dein Psychologe eigentlich von diesen Allmachtsphantasien?»

«Wieso? Ich habe doch keinen Psychologen.»

«Na, dann hast du ja jetzt was, um darüber nachzudenken.»

Zufrieden stellte er fest, dass er die erste Runde des intellektuellen Schlagabtauschs für sich entschieden hatte. Irgendwie ging es bei ihnen seit ihrer Jugend nur darum, den anderen verbal zu überflügeln. Er konnte sich zwar nicht mehr erinnern, wann das Ganze angefangen hatte, aber es ging ganz sicher nicht auf ihn zurück. Mittlerweile hatte Lukas sich gesetzt und blätterte in der Karte.

‹Warum tut er das eigentlich?›, stellte er belustigt fest, während er ihn beobachtete. ‹Mit Sicherheit bestellt er sich etwas billiges wie Gyros und dazu ein Wasser.›

«Also Luke, wir haben uns noch nie zu Abendessen getroffen. Jetzt sag schon, was dieses Tete-à-Tete hier soll?»

«Ich wollte mit dir etwas in Ruhe besprechen. Und dazu erschien mir dieser Rahmen angemessen.»

«Ein mittelmäßiger Grieche in der Innenstadt. Dann kann das Gesprächsthema ja nicht so schwerwiegend sein.»

«Eigentlich ist es das schon. Ich habe die Location danach ausgewählt, dass sie für uns beide gut erreichbar ist.»

‹Und du hast dir vorher die Preise im Internet angeschaut. Es ist schon verwunderlich, dass wir nicht in einem China-Imbiss sitzen.›

Fast hätte er den Gedanken laut ausgesprochen, aber dann entschied er sich noch rechtzeitig dagegen. Sicher hatte sein Bruder etwas Wichtiges auf dem Herzen, und er wollte so fair sein, ihn das auch vortragen zu lassen.

«Das ist schon in Ordnung. Ich war lange nicht mehr griechisch Essen», relativierte er seinen Einwand und fügte dann hinzu: «Ich habe gehört, dass die Leber hier ganz gut sein soll.»

«Ich denke, ich nehme den Gyros-Teller.»

Das war ja klar. Er konnte sich ein leichtes Kopfschütteln nicht verkneifen.

«Und ich nehme die Leber zusammen mit einem griechischen Salat.»

Da es ein normaler Wochentag war, befanden sich außer ihnen nur ein paar vereinzelte Gäste im Restaurant. In Folge dessen stand bereits kurz nachdem sie die Karten zusammengeklappt hatten die junge Bedienung an ihrem Tisch. Sie war zweifellos eine gebürtige Hellenin mit ihren dunklen Augen und Haaren. Nachdem sie die Bestellung aufgenommen hatte, brachte sie rasch die Getränke. Ein Mineralwasser für Lukas und ein Bier für ihn. Er hob das Glas kurz in Richtung seines Gegenübers, dann trank er es bis zur Hälfte aus. Als er das Glas wieder abgestellt hatte, wollte er endlich den Grund für das Treffen erfahren.

«Jetzt sag schon, warum sitzen wir hier? Soll ich dir irgendein Organ spenden? »

«Um Himmels willen, nein. Gesundheitlich ist bei mir alles in Ordnung.» Nach einer kurzen Pause fügte er etwas leiser hinzu: «Es geht um Lena.»

Schlagartig hatte er das Gefühl wieder nüchtern zu sein.

«Was ist mit Lena? Ist sie krank?»

«Nein, sie ist nicht krank. Ich denke, sie erfreut sich bester Gesundheit.»

Als die Sprache auf Lena kam, hatte ihn das regelrecht erschreckt. Irgendwie war er wohl davon ausgegangen, so bald nichts mehr von ihr zu hören. Doch nun war seine Neugier geweckt und er wollte wissen, was dieses Abendessen mit ihr zu tun hatte. Allerdings wurde das bis jetzt, durch den zähen Gesprächsverlauf verhindert. Warum konnte sein Bruder nicht einfach sagen worum es ging?

«Luke, ich frage dich jetzt zum letzten Mal. Was ist los mit Lena?»

«So ganz genau weiß ich das auch nicht ...»

Da er in seiner Antwort einen weiteren rhetorischen Winkelzug erwartete, fiel er ihm einfach ins Wort.

«Und was weißt du?»

Seine Worte schienen einen Moment lang nachzuhallen, bevor Lukas antwortete.

«Lena hat einen Anderen.»

Nun war es raus. Ihm kam es so vor, als wäre die Anspannung mit einem Mal in sich zusammengefallen und hätte ein Vakuum hinterlassen, das ein Atmen unmöglich machte. Tatsächlich saßen sie sich eine Weile regungslos gegenüber. Schließlich war er es, der die befangene Situation auflöste.

«Und weißt du auch, wer der Glückliche ist?»

Er konnte sich diesen Anflug von Sarkasmus einfach nicht verkneifen.

«Es ist ein Mitglied des Vorstands.»

Ihm entwisch ein leiser Pfiff.

«Respekt, ein ganz schöner Sprung auf der Karriereleiter.»

«Wie meinst du das?», war Lukas' verständnislose Reaktion, die auf ihn grenzenlos naiv wirkte.

«Genau so, wie ich es sage. Von der Büro- in die Vorstandsetage.»

Sein Bruder hatte sich während seiner Schul- und Studienzeit nur auf seine Noten konzentriert und den Menschen um ihn herum wenig Beachtung geschenkt. Deshalb stand er jetzt diesem zutiefst menschlichen Verhalten recht hilflos gegenüber. Eigentlich war Lukas so der Typ ewiger Junggeselle. Ein Hauptgewinn für jeden Arbeitgeber, aber für eine Frau von keinem besonderen Interesse. Doch dann begann Lena sich für ihn zu interessieren. Schnell wurden sie ein Paar und waren auch kurz darauf verheiratet. Die schöne Lena und der verschrobene Prokurist.

Er war so in seine Gedanken vertieft, dass er gar nicht bemerkte, wie die Bedienung das Essen an ihren Tisch brachte. Erst als sie direkt neben ihm stand blickte er ein wenig überrascht an ihr hoch. Sie stellte die Teller vor ihnen ab und wünschte einen guten Appetit. Bevor sie sich zum Gehen abwendete, bestellte er schnell noch ein Bier. Dann machte er sich ich daran, das noch halb volle Glas vor ihm leer zu trinken. Während dessen schien bei seinem Gegenüber das von ihm gesagte angekommen zu sein.

«Du meinst also, dass Lena mich nie wirklich geliebt hat?»

«Sei nicht so naiv Luke. Du warst einfach nur der Steigbügelhalter für ihre hoch gesteckten Ziele.»

«Sie hat mir also alles nur vorgespielt?»

«Genau, darin haben die Frauen uns Männern was voraus.»

Bei dem Satz kam er sich ein wenig altklug vor, aber das war er wahrscheinlich auch im Vergleich zu seinem Bruder. Die junge Griechin brachte sein neues Bier, er nickte kurz und schob ihr das leere Glas hin. Dann nahm er einen Schluck und fuhr fort:

«Es ist ja nicht so, als ob ich dich nicht gewarnt hätte.»

«Ich weiß», kam es wie ein Seufzer von der anderen Seite des Tischs. Lukas saß zusammengesunken mit den Händen im Schoß vor seinem Essen und nickte.

«Ich hab dir damals gesagt, dass sie dich nicht wegen deiner schönen Augen liebt. Du hast nämlich keine schönen Augen. Du hast eine gute Ausbildung, einen guten Job und verdienst gutes Geld. Nicht mehr und nicht weniger.»

Damit war eigentlich alles gesagt. Es war nicht besonders mitfühlend von ihm formuliert, aber es war die Wahrheit. Und die Wahrheit schmerzte immer am meisten. Die Sache mit Lena schien Lukas sichtlich zuzusetzen, aber er wollte und konnte die Dinge auch nicht beschönigen. Nicht nach dem, was damals vorgefallen war. Er fühlte, wie sich die schmerzhafte Erinnerung als ein flaues Gefühl auf seinen Magen niederschlug. Kurz überlegte er, etwas zu essen, aber er verspürte nicht mehr den geringsten Appetit. Stattdessen hob er zwei Finger in Richtung des Tresens, bis der junge Mann ihn ansah und durch ein freundliches Nicken die Bestellung quittierte. Wenig später stand der doppelte Wodka vor ihm. Lukas hatte in der Zwischenzeit begonnen, mit der Gabel in seinem Gyros herum zu stochern.

Er trank einen Schluck und dachte an die Zeit mit Lena. Schnell wanderten seine Gedanken zu seiner Geburtstagsfeier vor einigen Jahren zurück. Neben einigen Freunden waren auch sein Bruder und Lenas Schwester Kassandra eingeladen. Er wollte an diesem Abend grillen, und so war er bereits seit dem frühen Nachmittag mit den Vorbereitungen beschäftigt. Dabei hatte er sich ein Flasche Rosé aufgemacht und bereits leer getrunken, als die ersten Gäste kamen. Mit jedem stieß er dann noch auf seinen Geburtstag an, so dass er um zehn Uhr schon ziemlich angetrunken war. Er erinnerte sich danach an kaum etwas, außer an das, was Kassandra zu ihm sagte, bevor sie nach Hause ging:

«Nimm dich in Acht vor Lena. Sie ist eine richtige Schlange.»

Kurz darauf hatte er sich wohl ins Bett gelegt. Mitten in der Nacht wurde er wach und stellte im Halbschlaf fest, dass die andere Hälfte des Bettes leer war. Am nächsten Tag erwachte er gegen Mittag mit quälenden Kopfschmerzen. Auf seinem Nachttisch fand er ein Glas Wasser und eine Schmerztablette. Daneben lag ein Zettel auf dem stand, dass Lena zu einer Freundin gefahren war. Als die Tablette zu wirken begann, beschlich ihn das Gefühl, dass irgendetwas nicht stimmte. Er konnte aber beim besten Willen nicht sagen, was es war. Hatte es etwas mit der Warnung von Kassandra zu tun oder war nach seinem Filmriss noch etwas passiert, an das er sich nicht mehr erinnern konnte? Den Tag verbrachte er mit Aufräumen und sauber machen. Nachdem es wieder halbwegs ordentlich war, machte er sich ein Bier auf und setzte sich vor den Fernseher. Gegen Abend kam Lena zurück und nahm auf dem Sessel ihm gegenüber Platz. Nach einigen Augenblicken des Schweigens erklärte sie ihm kurz und lapidar, dass sie sich in Lukas verliebt habe. Ihre Worte lösten einen Schock bei ihm aus. Für seinen Verstand war das Gesagte einfach unbegreiflich. Wie konnte eine Frau, die mit ihm zusammen war, sich für seinen Bruder interessieren? Im Grunde genommen waren sie doch zwei vollkommen verschiedene Menschen.

Er schüttelte den Kopf, um die düsteren Bilder der Vergangenheit zu vertreiben. Alles in ihm wehrte sich dagegen, diese schlimme Zeit noch einmal Revue passieren zu lassen. Viele Wochen hatte er gelitten wie ein Hund, während er die Trennung verarbeitete. Später fand er beim Aufräumen einen von Lukas' geschmacklosen Manschettenknöpfen unter der Couch. Ein sicheres Indiz dafür, dass Lena und er es hier getrieben hatten, während er im Schlafzimmer nebenan lag und seinen Rausch ausschlief. So widerwärtig diese Erkenntnis auch war, er wollte trotzdem heraus bekommen, warum Lena ihm das angetan hatte. Natürlich hatte er eine gewisse Ahnung, die durch ein Telefonat mit Kassandra zur Gewissheit wurde. Lena ging es einzig und alleine um ihren wirtschaftlichen Vorteil. So gesehen war ihr Handeln nur konsequent: Lukas verdiente deutlich mehr Geld als er, also war er der attraktivere Partner.

«Was, denkst du, kann ich jetzt noch tun, um Lena zu halten?»

Lukas' Frage riss ihn aus seinen Gedanken.

«Nichts», war seine knappe Antwort.

«Aber es muss doch …», setzte sein Bruder erneut an.

Allerdings sah er wohl nach den ersten paar Worten die Sinnlosigkeit dieses Unterfangens ein und ließ den Satz unvollendet. Stattdessen gab er seiner Resignation Ausdruck:

«Dann passiert mir jetzt das Gleiche, wie dir damals.»

Verwundert blickte er auf. Das konnte doch nicht sein Ernst sein. Wollte sein Bruder tatsächlich bemitleidet werden von ihm? Entsprechend harsch fiel seine Reaktion aus:

«Versuche jetzt bloß nicht, dich mit mir solidarisch zu erklären, nur weil sie dich verlassen hat.»

Lukas schien mit einer solchen Antwort nicht gerechnet zu haben und schaute ihn fragend an.

«Vielleicht hast du es schon vergessen, aber ihr beide habt mich damals hintergangen», brach es aus ihm hervor. «Und ich habe dich auch noch gewarnt, dass sie nur darauf aus ist, sich mit deinem Geld ein schönes Leben zu machen.»

«Aber ich konnte doch nichts dafür. Es war Lena, von der alles ausging», entgegnete er schmallippig.

«Zu so etwas gehören immer zwei. Du kannst deine Hände nicht in Unschuld waschen.»

Lukas schwieg. Alles was er jetzt noch sagen könnte, wäre wohl ein Eingeständnis seiner Schuld gewesen. Als auch einige Sekunden später keine Reaktion erfolgte, hielt er es für angebracht die Sache unmissverständlich auf den Punkt bringen:

«Lenas Kapital ist ihre Schönheit, und das versucht sie möglichst gewinnbringend anzulegen. So einfach ist das.»

«Also können wir beide doch nichts dafür?»

In seiner Frage schien die Hoffnung mitzuschwingen, doch noch seine ersehnte Absolution zu erhalten.

«Richtig. Wir können beide nichts dafür, auf eine Frau wie Lena herein gefallen zu sein. Aber du hast mich verraten, Bruder. Diesen Teil der Schuld trägst du ganz alleine.»

Damit war das Gespräch für ihn beendet. Er stand auf, legte einen Geldschein auf den Tisch und ging. Beim Verlassen des Restaurants fiel sein Blick auf ein Bild der Laokoon-Gruppe im Eingangsbereich. Er hielt kurz inne, um es genauer zu betrachten.

‹Wie passend›, stellte er mit einem zynischen Lächeln fest. ‹Drei Männer die von einer Schlange langsam erwürgt werden.›

IM FEGEFEUER

Wladimir schien ein netter Kerl zu sein. Der russischstämmige Lkw-Fahrer hatte sich sofort bereit erklärt, den Fünfundvierzigjährigen nach Malaga mitzunehmen. Auch wollte der hagere Mann kein Geld für diese Gefälligkeit haben, da es ja «nur» knapp 600 Kilometer bis zum Ziel seien. Wahrscheinlich ein Katzensprung in den Dimensionen des Fernverkehrs. Ihm war klar, dass das Mitnehmen von Anhaltern mit ziemlicher Sicherheit gegen Wladimirs Arbeitsvertrag verstieß. Und so war er froh, den Deutschrussen mit dem Achttagebart wenigstens zum Mittagessen einladen zu können.
Eine Stunde vorher war er mit dem Reisebus auf dem staubigen Rastplatz kurz hinter Valencia gestrandet. Der Busfahrer hatte hier ganz unvermittelt angehalten und nach einer eingehenden Untersuchung des rechten Vorderrads seinen Fahrgästen verkündet, dass zwei Radbolzen gebrochen seien. Eine Weiterfahrt war damit unmöglich. Einigen Telefonate später eröffnete der Chauffeur seinen Passagieren, dass mit einer Reparatur erst in vier Stunden zu rechnen sei. Verärgert über die Verspätung war, der Fünfundvierzigjährigen in das kleine Restaurant auf dem Rastplatz gegangen, um die Wartezeit mit ein paar Bier zu überbrücken. Am Tresen hatte er dann Wladimir kennen gelernt und ihm von seiner Havarie erzählt.

Nachdem das Gepäck im Fahrerhaus verstaut war, setzte der

freundliche Deutschrusse den Megaliner-Lkw in Bewegung. Während der Fahrer den überlangen Sattelzug geübt durch die parkenden Fahrzeuge manövrierte, holte er aus seiner Brusttasche ein Zigarettenpackung hervor und hielt sie seinem neuen Beifahrer hin.

«Rauchst du?»

«Klar, vielen Dank.»

Er zog eine Zigarette aus dem Päckchen und zündete sie an.

«Das macht die Fahrt gleich viel angenehmer als in diesem Reisebus.»

Auch Wladimir machte sich eine Zigarette an. Mittlerweile war der schwere Lkw auf der Beschleunigungsspur angekommen und nahm langsam Fahrt auf.

«Was willst du denn in Malaga? Da gibt es doch fast nur Militär.»

Offensichtlich wollte der Mann am Steuer ein wenig Konversation machen. Mit Sicherheit war ein Fahrgast eine willkommene Abwechslung für ihn vom eintönigen Trucker-Alltag.

«Ich besuche einen Freund, der bei Frontex arbeitet.»

«Und was macht dein Freund dort?»

«Er ist Offizier in einer Marineeinheit.»

«Dann hilft er also dabei, uns die Flüchtlinge vom Leib zu halten», kombinierte Wladimir und hob anerkennend den Daumen in seine Richtung.

Ganz so einfach stellte sich für den Fünfundvierzigjährigen die Arbeit der Grenzschutzagentur nicht dar. Das Aufbringen von Booten und der Transport von Flüchtlingen nach Nordafrika war aus seiner Sicht moralisch nicht einwandfrei. Aber diese Meinung teilten nur wenige. Um das Gespräch nicht weiter zu vertiefen, hob er ebenfalls den Daumen. Dann wandte er den Blick ab und schaute durch das Seitenfenster auf die hügelige Landschaft mit ihren verdorrten Gräsern und Sträuchern. In der Ferne standen einige verwahrloste Häuser. Die zerbrochenen Scheiben und ein eingestürzter Dachstuhl waren sichere Anzeichen dafür, dass dieses Dorf verlassen war. Schon vor vielen Jahren hatten die Menschen ihre Heimat hinter sich gelassen, um der Dürre zu entgehen. Hin und wieder waren auch die Umrisse von versteppten Feldern zu erkennen. Das Raster einer ehemals blühenden Landwirtschaft. Heute kaum mehr als Staub und Geschichte.

Das gleißende Licht am Ende eines Tunnels weckte ihn aus einem kurzen Schlaf. Mit zusammengekniffenen Augen blickte er auf die trostlose Landschaft. Seitlich zogen wogend sanfte Erhebungen an ihnen vorüber. Das nächste was er wahrnahm, war ein leichter Brandgeruch.

«Hier riecht es nach Feuer», wandte er sich hilfesuchend an Wladimir.

Dieser drehte sich mit einem breiten Grinsen zu ihm um.

«Kein Grund zur Sorge. In der Nähe gibt es wohl ein paar kleinere Waldbrände. Das passiert hier häufig im Sommer.» Beruhigt zündete sich der Fünfundvierzigjährigen eine Zigarette an.

«Du kennst dich ja gut aus. Wie oft fährst du denn diese Strecke?»

«Das kommt darauf an. In der Regel so zwei bis drei Mal im Monat.»

«Dann habe ich mit dir ja den besten Spanien-Chauffeur gefunden, den es gibt.»

Der Mann am Steuer lachte.

«Viele in unserer Spedition mögen die Touren nach Gibraltar nicht, weil das Klima so heiß ist. Aber ich komme aus einem kalten Land und sehne mich nach der Sonne.»

Er lächelte Wladimir zu.

«Jedem das Seine.» Nach einer kurzen Pause fuhr er fort: «Auf deinen Aufliegern habe ich gelesen, dass du frische Lebensmittel transportierst.»

«Ja, seitdem das Wasser knapp geworden ist, liefern wir immer mehr Gemüse nach Spanien. Das Land ist in den letzten Jahren der wichtigste Abnehmer unserer Spedition geworden.»

«Die Welt ändert sich Zusehens. Früher haben wir Früchte aus Spanien importiert ...»

«Und heute liefern wir Oliven aus der Bretagne hier hin. Es ist schon erstaunlich, was sich in einem Menschenleben so alles ändert, wenn man es recht bedenkt.»

Der Brandgeruch in der Fahrerkabine hatte zugenommen. Er öffnete das Fenster und ließ die heiße Luft in die klimatisierte Fahrerkabine.

«Dem Geruch nach nähern wir uns den Bränden.»

«Stimmt», bestätigte Wladimir seine Feststellung und deutete in Richtung des Horizonts.

«Dort hinten kann man schon den Rauch sehen.»

Er ließ seine Augen zu dem imaginären Punkt in der Ferne wandern und erkannte hinter einem Hügel eine dunkle Verfärbung am ansonsten makellos blauen Himmel. Die Straße vor ihnen schien direkt darauf zuzuführen. Während er auf die schwarz glänzende Oberfläche des Asphalts blickte, fiel ihm auf, dass er seit seinem Aufwachen kein anderes Fahrzeug mehr auf der Straße gesehen hatte. Außer ihnen schien niemand unterwegs zu sein.

«Ist die Straße hier immer so leer?»

«Meistens schon. Es leben ja nicht mehr viele Menschen im Süden. Der größte Teil ist bereits nach Nordspanien oder Frankreich gezogen. Am Atlantik ist es nicht so heiß, wie am Mittelmeer.»

«Aber ich habe schon seit einer Ewigkeit kein anderes Fahrzeug mehr gesehen. Vielleicht ist die Straße ja wegen der Brände gesperrt worden.»

«Unsinn», entgegnete Wladimir, «das hätte mein Drive-Assist schon längst angezeigt»

Dabei tippte der Fahrer auf das große Display in der Mittelkonsole.

«Wir fahren die langen Strecken zwar noch mit Brennstoffzellen, aber trotzdem ist mein Baby nicht von gestern.»

«Warum fahrt ihr denn noch mit Wasserstoff?»

«Mit einem vollen Tank komme ich von Köln nach Gibraltar und wieder zurück. Das ist mit den heutigen Batterien noch nicht möglich.»

«Verstehe», murmelte der Beifahrer nachdenklich und zog an seiner Zigarette. «Und in ein paar Jahren wird es hier an der Außengrenze der EU nur noch Militär geben.»

«Das kann schon sein», sagte Wladimir, «dann wird aber auch kein Mensch mehr im Norden leben wollen.»

«Ich habe gehört, dass man Spanien früher oder später aufgegeben will und Europa dann an den Pyrenäen endet.»

Der Mann am Steuer nickte zustimmend. Es war schon eine merkwürdige Vorstellung, wie der Klimawandel den Verlauf von Grenzen zu beeinflussen begann. Mit gleichbleibender Geschwindigkeit fuhren sie in einer lang gezogenen Kurve zwischen zwei Hügeln hindurch. Als das Land sich wieder weitete, war auf beiden Seiten der Fahrbahn den Rauch von Buschfeuern zu erkennen. Die Brände befanden sich zwar in einiger Entfernung zur Autobahn, trotzdem bereitete dem fünfundvierzigjährigen ihre Situation ein mulmiges Gefühl.

«Ist das so ein normaler Waldbrand, wie du mir erzählt hast?»

«Feuer auf beiden Seiten habe ich bisher noch nicht

erlebt. Aber es ist ja noch weit weg», erklärte Wladimir seelenruhig. «Und so lange es keine Warnung gibt ...»

Abrupt brach der Fahrer den Satz ab. Sie blickten beide auf den Bildschirm zwischen ihnen. Darauf waren ein Warnsymbol und der Hinweis ‚Connection Lost' zu sehen.

«Dein Informationssystem ist nicht mehr online. Wir befinden uns im Blindflug», stellte er beunruhigt fest.

«Kein Grund zur Panik. Das fängt sich schon wieder», erwiderte der Deutschrusse.

Er hatte den Eindruck, dass Wladimir seinen Einwand diesmal nicht so lapidar abwiegelte.

«Sollten wir nicht besser umdrehen?», gab er seiner wachsenden Besorgnis Ausdruck.

«Ich kann nicht umkehren. Wenn ich nach Acht in Gibraltar ankomme, werde ich heute nicht mehr entladen. Dann verliere ich einen halben Tag.»

Ihm war natürlich klar, dass der Fahrer unter Zeitdruck stand. Dafür jedoch sein Leben zu riskieren, erschien ihm wenig verhältnismäßig. Aber vielleicht würde er genauso entscheiden, wenn er diesem permanenten Termindiktat ausgeliefert wäre. Immer gab es äußere Zwänge, die den Menschen davon abhielten, die vernünftigere Option zu wählen.

Unbeirrt fuhr Wladimir weiter. Vor der Windschutzscheibe floss der dunkle Asphalt kontinuierlich auf sie zu. Angestrengt beobachtete der Beifahrer den Rauch auf beiden Seiten der Straße und versuchte festzustellen, ob die Brände näherkamen. Minute um Minute verrann, ohne, dass sich etwas veränderte. Plötzlich fiel ihm auf, dass auf der rechten Seite nun auch Flammen zu sehen waren. Der Buschbrand bewegte sich also auf sie zu.

«Da hinten kann man jetzt Feuer erkennen», sagte er und deutete mit dem Zeigefinger nach rechts.

«Ich hab's bemerkt», war die knappe Antwort des Fahrers.

Kurz darauf wurde der Lkw schneller. Ein Blick auf den Tacho zeigte ihm, dass sie jetzt 115 statt der erlaubten 100 Stundenkilometer fuhren. Offensichtlich schien Wladimir ihre Situation auch nicht geheuer zu sein.

«Was hast du vor?», fragte er den Mann am Steuer.

«Ich will so schnell wie möglich hier weg, bevor das Feuer die Straße erreicht.»

Währenddessen aktivierte der Deutschrusse die Projektion des Navigationssystems auf die Windschutzscheibe und deutete auf ihre Position.

«Wir sind jetzt in dieser Tiefebene. In einer halben Stunde können wir hier raus sein. Dann wird der Bewuchs weniger und ohne Sträucher gibt es auch kein Feuer.»

Das klang einleuchtend für ihn. Allerdings war es nicht mehr als eine Theorie, da sie ja nicht wussten, was vor ihnen lag. Ebenso gut könnten sie direkt in ihr Verderben fahren. Der Fünfundvierzigjährige überlegte noch, ob es nicht besser wäre, die nächste Abfahrt zu nehmen, als er auch Flammen auf der linken Seite der Fahrbahn sah. Reflexartig riss er den Arm hoch und zeigte in Richtung des Feuers.

«Schau, da drüben!»

«Ja ... Scheiße», knurrte der Mann am Steuer.

Wenige Augenblicke später erkannte der Beifahrer, dass die Brände auf der rechten Seite sich zusehens zu einer Feuerwand verdichteten.

«Das Feuer kommt immer näher, Wladimir», stieß er atemlos hervor.

Der Fahrer öffnete ein Fach im Armaturenbrett und nahm

eine kleine Karte heraus, die er in einen Schlitz neben dem Startknopf steckte.

«Was machst du da?»

«Das ist ein Werkstatt-Dongle, der die elektronischen Sperren aufhebt. Jetzt kann ich auch die Kühlung der Anhänger abschalten.»

Einige Augenblicke später beschleunigte der Lkw und der Wert im Tacho begann zu steigen. Gleichzeitig bewegte sich die Leistungsanzeige immer tiefer in den roten Bereich. Wladimir hatte sich also für die Flucht nach vorne entschieden. Gebannt verfolgte er die Vorgänge auf dem Fahrerdisplay bis bei 155 Stundenkilometer ein rotes Warnsymbol erschien.

«Gleich wird es warm hier drinnen», sagte der Deutschrusse und schaltete die Klimaanlage ab. «Wir brauchen jetzt sämtliche Leistung, die das Baby hergibt.»

«Halten die Motoren das überhaupt aus?»

«Ich hoffe es. Wenigstens so lange, bis wir aus diesem Hexenkessel heraus sind.»

Die Temperatur im Fahrerhaus stieg rapide an und der Beifahrer begann zu schwitzen. Vor ihnen verdunkelte sich der Himmel durch den Rauch der heranrückenden Feuerwände. Je schneller sie fuhren, umso rascher schien sich das Feuer zu nähern. Der Abstand zum Fahrbahnrand betrug nur noch wenige Meter. Vor ihnen lag ein Tunnel aus Flammen und Rauch.

«Mein Gott, wir fahren direkt in die Hölle», kommentierte Wladimir das apokalyptische Szenario.

«Ihr, die ihr hier eintretet, lasst alle Hoffnung fahren», erwiderte er mit einem zynischen Unterton.

«Was meinst du damit?»

«Das steht bei Dante über dem Tor zur Hölle.»

«Wer ist das?»

«Das war ein italienischer Dichter. Ist schon lange tot.»

Ein Signalton erklang. Der Bildschirm in der Mittelkonsole hatte begonnen zu blinken und zeigte einen Warnhinweis auf eine Straßensperrung. Offensichtlich war das Informationssystem wieder online. Wladimir lachte kurz auf.

«Was für eine Neuigkeit.»

«Die Straße ist gesperrt. Wir müssen wenden», appellierte er an den Fahrer.

«Dafür ist es zu spät», antwortete dieser und schaltete das Bild der Rückfahrkamera auf das Display zwischen ihnen. Hinter dem Sattelzug wirbelten brennende Büsche und glühende Äste über den Asphalt. Die Flammen von beiden Seiten schienen sich zu einem dichten Vorhang vereinigt zu haben. Augenblicklich wurde dem Fünfundvierzigjährigen klar, dass hier kein Durchkommen war.

«Es gibt kein Zurück mehr», stellte der Fahrer bedauernd fest.

Der letzten Option beraubt sank der Beifahrer auf seinem Sitz zusammen. Ohne eine Wahl konnten sie ihr Schicksal auch nicht mehr selbst beeinflussen. Hatten sie zu lange gezögert und die Vorzeichen in der Hoffnung ignoriert, dass es schon nicht so schlimm kommen würde? Was blieb, war lediglich der Wunsch, dass die Zukunft doch nicht so unerbittlich eintrat, wie sie sich abzeichnete.

«Vor uns liegt die Hölle und hinter uns der Tod», resümierte er ihre Lage und fügte dann hinzu: «Klingt fast wie ein Satz aus der Bibel.»

Das Feuer war bis zur Asphaltpiste vorgedrungen, und Funken stoben über die Fahrbahn. In der Kabine war es mittlerweile unerträglich heiß geworden. Sein Hemd war schweißnass und er atmete nur noch flach.

«Glaubst du an Gott?», fragte Wladimir nachdenklich und wischte sich den Schweiß von der Stirn.

«Nicht im Geringsten. Und du?»

Der Deutschrusse hob das Kreuz, dass er um den Hals trug, an seine Lippen und küsse es inbrünstig.

«Natürlich glaube ich an Gott. Ohne Gott gibt es keine Hoffnung und kein Leben.»

Wie so oft rang die Gläubigkeit anderer Menschen ihm eine gewisse Bewunderung ab. Für sie existierte eine letzte Gewissheit, die es für ihn nicht gab.

«Ich habe einen Drink dem Gebet immer vorgezogen», entgegnete er lakonisch.

«Dann schau mal ins Handschuhfach», wies der Fahrer ihn mit einem Fingerzeig an.

Er öffnete die Klappe vor sich und sah eine Flasche Wodka.

«Wenn du den für eine besondere Gelegenheit aufgehoben hast, wäre jetzt der richtige Zeitpunkt.»

«Nur zu. Ich denke, das ist ein angemessener Anlass.»

Die Flasche fühlte sich warm war. Langsam schraubte er den Verschluss auf und nahm einen großen Schluck der klaren Flüssigkeit. Dann reichte er dem Mann am Steuer die Flasche.

«Nastrovje», prostete dieser ihm zu und trank.

Wladimir war wirklich ein netter Kerl, und er bedauerte, dass er ihn nicht unter anderen Umständen kennen gelernt hatte. Er hätte sich keinen besseren Begleiter für diese Fahrt zwischen Leben und Tod vorstellen können. Der goldene Ring an seiner Hand verriet ihm, dass der hagere Fahrer wahrscheinlich verheiratet war. Sicher hatte er auch Kinder. Für den Mann aus Russland stand so viel mehr auf dem Spiel, als für ihn. Ein lautes Krachen schreckte ihn auf. In der Windschutzscheibe war ein langer Riss entstanden. Die Hitze begann dem Fahrzeug zuzusetzen. Ihn beschlich das Gefühl, dass ihre Fahrt schon bald zu Ende sein könnte. Kurz darauf wurde der Lkw langsamer. Unwillkürlich blickte er zum Fahrerdisplay. Doch darauf war nichts zu sehen, außer einem monotonen Flackern.

«Das ist der letzte Anstieg. Gleich sind wir raus aus der Ebene, dann haben wir es geschafft», verkündete der Mann am Steuer.

Die aufkeimende Hoffnung fand ein jähes Ende als ein heftiger Ruck durch den Sattelzug ging, und sie immer mehr an Geschwindigkeit verloren. Gleichzeitig breitete sich der penetrante Geruch von verbranntem Kunststoff im Fahrerhaus aus. Ein Blick in die düstere Mine des Fahrers sagte ihm, dass sich ihre Situation dramatisch verschlechtert hatte.

«Wir müssen jetzt beten», sagte Wladimir leise, «auch wenn du nicht an Gott glaubst.»

«Warum sollte ich das tun?», fragte der Fünfundvierzigjährige überrascht.

«Weil das alles ist was wir noch tun können.»

AM ENDE
IST ES NUR EINE
GESCHICHTE

Es war bereits später Nachmittag, als sie in Dubrovnik ankamen. Sie waren seit der Mittagszeit unterwegs und nur langsam auf der stark befahrenen Adria Magistrale, die kurvenreich der Küste folgte, vorangekommen. Auf einem Parkplatz in der Nähe der Altstadt stellten sie den staubigen Wagen ab und gingen zur Touristen-Information, um sich nach einem Zimmer zu erkundigen. Die junge Frau am Tresen erklärte ihnen in gebrochenem Englisch, dass jetzt im Sommer so gut wie alles ausgebucht sei. Dann sagte sie ein paar Worte auf Kroatisch, und ihre ältere Kollegin im Hintergrund begann emsig zu telefonieren.

Da die Suche nach einer Unterkunft wohl länger dauern würde, waren sie nach draußen gegangen. Claudia ließ sich auf der kleinen Bank neben der Tür nieder und zündete sich eine Zigarette an. Sie schlug die Beine übereinander und bewegte nervös den Fuß auf und ab. Er beobachtete sie aus den Augenwinkeln, während er die Wand mit den Aushängen studierte. Sie trug ein leichtes Sommerkleid und hatte wegen der Hitze die Haare hochgesteckt. Ihre Körpersprache verriet ihm, dass ihre Nerven zum Zerreißen gespannt waren. Den halben Tag hatten sie bei über dreißig Grad im Auto verbracht, und jetzt kam noch die Ungewissheit hinzu, wo sie heute nächtigen würden. Ihm war bewusst, dass das nicht ihre Art von Urlaub war. Sie bevorzugte das pauschale Reisen ohne Überraschungen, während ihn der Wunsch Fremdes zu entdecken in die Ferne lockte.

Von dem leicht erhöhten Standort des Gebäudes aus konnte er auf das Meer blicken. Tiefblau und endlos sterbte es dem Horizont entgegen, um sich dort in einem imaginären Punkt mit ihm zu vereinigen. Es war nicht der geringste Luftzug zu spüren und so schmiegte sich die See glatt und spiegelnd, wie ein Marmorboden an die felsige, im Licht der Sonne weiß erstrahlende Kalksteinküste. Zwei gegensätzliche Elemente, die sich zwar berührten, doch klar von einander getrennt blieben.

Nach einer gefühlten Ewigkeit, die auf der Uhr zwanzig Minuten dauerte, waren die Angestellten der Touristen-Information endlich fündig geworden. Die Frau vom Tresen kam mit einem Zettel in der Hand nach draußen. Ihr resigniert wirkender Tonfall verriet ihm bereits, dass das freie Zimmer wohl nicht zur ersten Wahl gehörte. Als besonderen Vorteil hob sie bei ihren Erläuterungen hervor, dass der Besitzer Österreicher sei und so ihrem Verständnis nach Deutsch sprach. Sie schloß ihr kurzes Exposé ein wenig kleinlaut mit dem Hinweis, dass diese Unterkunft auch gleichzeitig das einzige freie Zimmer war, dass sie auftreiben konnten. Er bedankte sich freundlich für ihre Bemühungen und sagte zu. Dann warteten sie erneut, diesmal auf ihren Vermieter, der sie abholen wollte. Claudias Anspannung schien unverändert, als er sich neben sie auf die Bank setzte. Er wusste, dass das kein guter Zeitpunkt war, um sie anzusprechen.

Also saßen sie schweigend nebeneinander und warteten auf die Ankunft von Pavel. Dieser fuhr auch einige Minuten später mit einem rostigen Renault vor. Dem betagten Fahrzeug entstieg ein kleiner, untersetzter Mann mit einem auffallend roten Kopf und wirren weißen Haaren. Nach einem kurzen Händeschütteln signalisierte er ihnen, ihm hinterher zu fahren. Dabei bediente er sich eines Dialekts, der nur sehr schwer der deutschen Sprache zuzuordnen war.

Sie folgten dem französischen Kleinwagen bis zum Rand der Ortschaft. Hier waren die Häuser nur eingeschossig und von großen Gärten umgeben, in denen Obstbäume standen. Nachdem sie bei Pavels Haus angelangt waren, zeigte er ihnen wort- und gestenreich ihre Unterkunft für die nächsten Tage. Er verstand nur wenig von dem Kauderwelsch ihres Vermieters und nickte ihm einfach freundlich zu, als ob er jedes Wort verstanden hätte. In den wenigen Fällen, in denen er eine Frage stellte, bedurfte es mehrerer Anläufe, um diese zu klären. Wie er zwischenzeitlich feststellen musste, verfügte der Österreicher über keinerlei Fremdsprachenkenntnisse, ausser vermutlich Kroatisch.

Ihr Zimmer war nicht besonders groß, und so nahm das Doppelbett nahezu den ganzen Raum ein. Rechts und links blieb gerade noch genügend Platz für zwei kleine Nachtschränkchen. Am Fußende befand sich der Durchgang zu ihrem Bad, das von der Größe her einer Flugzeugtoilette nahekam. Außerdem gab es auf der linken Seite noch eine Tür, die das Räumchen mit der Terrasse verband.

Als sie in der Küche angelangt waren, forderte Pavel sie auf, sich zu setzen. Dann erläuterte er ihnen, dass sie diesen Raum gemeinsam mit ihm nutzen könnten. Er sah, wie Claudia, die links von ihm Platz genommen hatte, das Gesicht verzog. Auch ohne ihre Mimik gesehen zu haben, wusste er, dass gemeinschaftlich genutzte Räumlichkeiten ihrer Vorstellung von Privatsphäre deutlich widersprachen. Die Führung durch ihr neues Domizil schien damit wohl beendet zu sein. Sichtlich gut gelaunt über seine neuen Gäste fragte Pavel:

«Stamperl?»

Sie sahen sich beide fragend an. Dann zog er die Schultern hoch und machte eine fragende Geste in Richtung ihres Gastgebers. Statt einer Erklärung streckte er den linken Arm in Richtung der Fensterbank aus. Dort befand sich ein Ständer mit mehreren Schnapsgläsern, von denen er drei nahm und vor sich auf den Tisch stellte. Dann griff er nach rechts und nahm von der Anrichte eine Flasche, die eine klaren Flüssigkeit enthielt. Da kein Etikett darauf war, schloss er, dass es sich wohl um einen selbst gebrannten Schnaps handelte. Also wollte ihr Vermieter seine neuen Mitbewohner mit einem Gläschen Hochprozentigem willkommen heißen. Unterdessen hatte dieser den Korken aus der Flasche gezogen und zwei Gläser bis zum Rand gefüllt. Als er beim dritten Glas angelangt war machte Claudia eine abwehrende Handbewegung.

«Ich habe heute noch nichts gegessen», sagte sie und fuhr sich dabei mit der flachen Hand über den Bauch.

Pavel stutze kurz, dann breitete sich ein verständnisvolles Lächeln auf seinem Gesicht aus. Von dem was der Österreicher nun sagte, verstand er lediglich das Wort «Baby». Dabei strich er mit seiner Hand über seinen fiktiv vergrößter Bauch. Dann klopfte der kleine Mann ihm anerkennend auf die Schulter. Fast hätte er laut losgelacht als er verstand, dass er im Ansinnen Pavels Vater wird. Schnell bemühte er sich, das Missverständnis aufzuklären:

«Nein, nein, ganz so ist es nicht.»

Noch bevor er zu einer Erklärung ausholen konnte, spürte er wie Claudia ihre Hand auf seine legte und sie zusammendrückte. Überrascht blickte er sie an und sah, wie sie kaum wahrnehmbar den Kopf schüttelte.

Pavel hatte bereits sein Glas erhoben und schaute ihn erwartungsvoll an. Schnell besann er sich nahm das ihm zugedachten Glas in die Hand. Sie stießen an und tranken den Klaren Ex. Das Zeug brannte höllisch in seiner Speiseröhre. Dem beißenden Geschmack nach hätte es glatt Terpentinersatz sein können. Der Geruch jedoch ließ ihn auf eine Art Obstler schließen. Allerdings wagte er zu bezweifeln, dass der Erzeuger dieses Destillats sich mit den Geheimnissen des Vor- und Nachlaufs auskannte. Pavel wollte ihm bereits einen Zweiten einschenken, was er gerade noch unterbinden konnte. Um der Situation zu entgehen zeigte er auf seine Armbanduhr und sagte zu ihrem Gastgeber, dass es wohl an der Zeit wäre, ihr Zimmer zu beziehen. Erleichtert verließen sie die Küche.

Es dauerte nicht lange, die wichtigsten Sachen in dem kleinen Raum unterzubringen. Danach ließen sie sich auf der Terrasse nieder und rauchten.

«Ich hätte ja schon Lust auf einen Kaffee», überlegte Claudia laut, «aber wenn der Preis dafür eine weitere Unterhaltung mit Pavel ist, verzichte ich lieber.»

«Ach komm, so schlimm ist der alte Zausel nun auch wieder nicht», versuchte er sie zu beschwichtigen. «Warum wolltest du denn nicht, dass ich die Sache mit deiner vermeintlichen Schwangerschaft aufkläre?»

«Dann hätten wir noch länger mit Rumpelstilzchen in der Küche gesessen. Abgesehen davon war ich auch nicht scharf auf eine Kostprobe dieses Gebräus.»

«Damit ist dir echt was erspart geblieben. Ich habe den fuseligen Geschmack immer noch im Mund.»

«Und wenn wir ein ordentliches Hotel gebucht hätten, wäre uns auch dieser Pavel erspart geblieben.»

«Es muss ja nicht immer alles geplant sein. Manchmal ist es doch schön sich einfach treiben zu lassen.» Nach einer kurzen Pause fuhr er fort: „Wußtest du eigentlich, dass die alten Griechen zwei Götter der Zeit kannten? Das waren Chronos und Kairos. Chronos war der Gott der geplanten Zeit. Seinen Namen findest du heute noch in dem Begriff Chronograph. Und Kairos war der Gott der ungeplanten Zeit. Er stand für den Zufall und die nicht planbaren Momente. Damit war für die Griechen das eine ebenso wichtig wie das andere.»

«Ich möchte deinen griechischen Kumpels nicht zu nahe treten, aber mir wäre ein wenig mehr Chronos auf dieser Reise eigentlich ganz recht», war Claudias süffisante Antwort.

Dann zündete sie sich eine Ziigarette an, inhalierte und atmete lange aus. Für ihn ein untrügliches Zeichen dafür, dass sie diese Diskussion nicht weiter fortsetzten wollte. Also wechselte er zu einem unverfänglicheren Thema:

«Komm, lass uns essen gehen. Ich frage Pavel gleich mal nach einem Restaurant hier in der Nähe.»

Er hatte den Satz kaum ausgesprochen, als ihr Gastgeber plötzlich an der Ecke des Hauses auftauchte und auf sie zu marschierte. Claudia verdrehte die Augen.

«Da ist er ja schon. Wie aufs Stichwort», kommentierte sie halblaut seinen Auftritt.

Kaum hatte der Hausherr sie auf der Terasse bemerkt, beschleunigte er seine Schritte und begann laut schimpfend mit dem Zeigefinger in der Luft herum zu fuchteln. Alles was er von diesem Wortschwall verstand, war «No, no, no» und «Baby». Schnell warf sie ihre Zigarette weg und lächelte schuldbewusst. Pavel war ziemlich erregt, und so versuchte er ihn durch die Frage nach einem Restaurant von Claudias Vergehen abzulenken.

Nachdem sie vom Abendessen zurückgekehrt waren setzten sie sich auf die Terrasse, um noch ein wenig die frische Kühle der anbrechenden Nacht zu genießen. In der Zwischenzeit war ein leichter Wind aufgekommen und aus der Ferne konnte man das Rauschen des Meeres hören. Die Elemente waren in Bewegung geraten und schienen jetzt gegeneinander anzukämpfen. Ein blassroter Streifen am Horizont spendete ein letztes Licht, wärend die Umgebung in dunklen Blautönen und schwarzen Silhouetten versank.

Claudia war ziemlich genervt vom Verlauf des Abends. Pavel hatte sie nämlich auf dem Weg ins Restaurant begleitet. Ihre Befürchtung, dass er sich zu ihnen an den Tisch setzen würde, bewahrheitete sich glücklicherweise aber nicht. Stattdessen nahm er am Tresen Platz und erhielt dort, wahrscheinlich als Provision für seine mitgebrachte Kundschaft, ein paar Schnäpse. Auf jeden Fall saß er in Sichtweite von ihrem Tisch und prostete ihnen auch gelegentlich zu. So unter Beobachtung, traute sich Claudia weder eine Zigarette anzuzünden, noch etwas Alkoholisches zu bestellen.

Aus diesem Grund hatte er auf dem Heimweg ein paar gekühlte Dosen Bier gekauft, von denen er nun eine aus der Plastiktüte hervorholte. Mit einem leisen Klacken, gefolgt von einem lauten Zischgeräusch, öffnete er die Dose und reichte sie Claudia. Dann machte er eine Zweite auf und stieß mit ihr an.

«Zigarette?», fragte er und hielt ihr seine Packung hin.

«Nein, mach' du dir eine an und lass mich ab und zu mal ziehen.»

Sie hatte wohl Angst, dass ihr trinkfreudiger Gastgeber wieder auftauchen könnte, um sie erneut zu maßregeln. Also machte er sich eine an und gab sie ihr nach dem ersten Zug. Eine Weile lang saßen sie schweigend da, dann unterbrach Claudia die Stille:

«Das war schon ein bisschen knapp heute.»

«Aber es hat doch bestens funktioniert», antwortete er achselzuckend. «Wir haben ein Zimmer, gar nicht so weit von der Altstadt entfernt.»

«Ich finde es furchtbar.»

«Wieso? Das Zimmer ist doch ganz ok.»

«Darin bekommt sogar ein Pygmäe Platzangst.»

«Für zwei Nächte wird es schon gehen. Dann musst du dich halt ein bisschen enger an mich kuscheln.»

«Bei dieser Hitze?», entgegnete sie in einem abfälligen Ton. «Nein, ich meine diesen Pavel. Du musst doch zugeben, dass der Typ nervig ist.»

«Was soll's. Am Ende ist es doch nur eine Geschichte.»

«Wie meinst du das?»

«Von dieser Unterkunft mit dem schrulligen Vermieter wirst du als Erstes erzählen, wenn wir wieder zu Hause sind.»

«Bestimmst, nicht», erwiderte sie trotzig.

«Wart's ab», sagte er und gab ihr einen Kuss.

DER STRAFENDE ENGEL

Mit ruhigen Schritten ging er durch die Nacht. Sie hatten diskutiert, gelacht und getrunken. Natürlich ohne ein Ergebnis. Aber war es denn das Ergebnis, woran sich alles messen ließ? War es nicht viel mehr der Weg, den man beschritt? Alleine die Tatsache, dass die eigene, jämmerliche Existenz im nächsten Augenblick zu Ende sein konnte, machte für ihn jedes Streben nach einem Ziel sinnlos. Warum sollte man große Pläne schmieden, die ihre Früchte erst nach dreißig oder fünfzig Jahren trugen? Er empfand es als Verschwendung, einem solchen Gedanken sein ganzes Streben unterzuordnen. Jedem Moment und jeder Handlung musste ein Sinn für das Leben entspringen, ansonsten war es dem bloßen Zufall überlassen, ob sich das Dasein eines Menschen gelohnt hatte oder nicht. Wie viele Menschen sterben schon glücklich, wenn sie auf ihr Leben zurückblicken? Sie fürchten den Tod, weil er zu schnell oder zu langsam kommt. Zu früh, um ihr Lebensziel zu erreichen, oder zu spät, um einem neuen Ziel zuzustreben. Jahre zu wenig oder Jahre zu viel, in diesen Zeitspannen lag die Sinnlosigkeit jedes Lebens.

Langsam begann er, den Alkohol in seinen Gliedern zu spüren. Dann kam er zu diesem alten Haus mit dem turmartigen Erker, auf dessen Spitze die Figur eines Engels stand. Die Straßen waren leer. Er hörte nur das leblose Geräusch von fahrenden Autos ein paar Straßen entfernt. Und wie so oft überkam ihn das Gefühl, als ob der Engel sich plötzlich vom Turm aus auf ihn stürzen würde. Er wusste, dass dieser Gedanke lächerlich war, aber trotzdem flößte er ihm eine gewisse Furcht ein. Sie ging nicht von der Figur aus, sondern von ihm selbst. Was war dort in seinem Kopf, das ihn solche Sachen denken ließ? Er blickte nach oben zu dem Engel. Solange er ihn ansah, sprang er nicht auf ihn herab. Aber sobald er wegblickte, war er verletzlich. Möglicherweise fürchtete er sich vor einer Strafe Gottes. Es war eine kindliche Angst, wie seine Großmutter sie ihm eingeredet hatte. Vielleicht hatte er sich schon damals von Gott abgewendet, da er etwas, dass er fürchtete, nicht gleichzeitig lieben konnte. Und wenn er heute über den Glauben nachdachte, so bemächtigt sich seiner ein Gefühl der grenzenlosen Freiheit. Er musste dieses Universum nicht mit einem anderen Wesen teilen. Es gab nur ihn. Er war allein. Jede Handlung hatte er nur vor sich selbst und den Menschen zu rechtfertigen. Und ganz sicher hatte er keine Angst vor einem Gott.

‹So muss das Lebensgefühl eines gläubigen Christen sein›, kam es ihm in den Sinn. ‹Immer hat er einen Engel vor Augen, der sich bei einem Handeln gegen die Gebote des Allmächtigen auf ihn stürzt.›

Er zündete sich eine Zigarette an und ging weiter. Der strafende Engel blieb hinter ihm zurück. Er zog den Rauch tief in seine Lunge. Dann spürte er ihn in sich, wie ein verzehrendes Feuer. Manchmal kam ihm das Rauchen wie eine religiöse Handlung vor, weil jeder Zug ihn an den Tod erinnerte. Hinter dem kleinen Stadtpark versiegten die Geräusche der Stadt. In dieser Stille waren seine Schritte auf dem Pflaster das einzig wahrnehmbare Geräusch. Sie klangen dumpf in seinem Kopf, als ob die Erde unter ihm hohl wäre und die ganze Welt um ihn herum nur eine Illusion. Unwillkürlich musste er an den Trauermarsch aus der Götterdämmerung denken. Er summte ein paar Takte vor sich hin und bog um eine Häuserecke. Unausweichlich kam seine Wohnung auf ihn zu, und mit ihr die Sinnlosigkeit. Er dachte an sein leeres Bett und den kalten Rauch in seinem Zimmer. Schlafen war genauso sinnlos wie der Tod. Er warf die Zigarette auf das Pflaster. Dann wurden seine Schritte immer langsamer, bis er stehen blieb. Sein Blick wanderte an den Bäumen der Allee hinauf bis zu den Sternen. Lichter und Zeichen, deren Bedeutung man vor langer Zeit einmal mit Göttern erklärt hatte. Auch heute noch erheben die Menschen ihre Augen zum Himmel, wenn sie an Gott dachten. Ein kalter Raum, in dem – Millionen von Lichtjahren entfernt – andere Planeten um andere Sonnen kreisten. Auch dort gab es Leben. Und nichts sprach dagegen, dass es ebenso sinnlos existierte, wie hier auf der Erde. Als er noch jung war, ergriff ihn in solchen Momenten immer eine unaussprechliche Ehrfurcht, die er damals für seinen Glauben hielt. Doch das hatte sich im Laufe der Jahre verloren. Heute war das Universum für ihn nur noch kalt und groß, möglicherweise sogar unendlich. Es besaß nichts metaphysisches mehr. Auch das Leben, dass es mit hoher Wahrscheinlichkeit enthielt, hatte für ihn nichts Geheimnisvolles mehr. Solange es nicht bis zur Erde vordrang, war es ihm gleichgültig, ob es existierte oder nicht. Hier und jetzt gab es keinen Gott und kein vernunftbegabtes Leben außer dem Menschen. Bei diesem Gedanken schaute er auf die verschlossenen Häuserfronten, die vom Licht der Straßenlaternen beschienen wurden.

‹Vielleicht gibt es noch nicht einmal den Menschen.›
Mit einem Mal drehte er sich um und ging den Weg, den er gekommen war, zurück. Vorbei an seiner ausgebrannten

Zigarette, vorbei an dem Haus mit der Engelsfigur. Nichts von dem hatte mehr dieselbe Bedeutung, wie vor wenigen Minuten. Er hatte sich vom Nichts abgewendet, indem er seinem Leben ein neues, wenn auch nur kurzfristiges Ziel gesetzt hatte. Die glatte, einfache Realität war wieder in seine Gedanken zurückgekehrt.

FLUCH UND SEGEN

Die Erschütterungen des Wagens auf dem geschotterten Feldweg weckten sie aus einem leichten Schlaf. Anscheinend hatten sie die asphaltierte Straße verlassen. Sie öffnete die Augen und blickte durch die mit Regentropfen überzogene Windschutzscheibe in einen wolkenverhangenen, grauen Himmel. Im dämmrigen Licht des frühen Abends ließen sich die Farben der Umgebung nur noch erahnen. Vor ihnen lag ruhig und ausladend der Fjord wie ein großer See. Dahinter ragten dunkel die allgegenwärtigen Berge steil in die Höhe. Jetzt bemerkte sie auch die Hütte rechts von ihnen, auf die der Weg zuführte. Wenige Augenblicke später hielt das Auto mit dem knirschenden Geräusch der kleinen Steine unter seinen Reifen neben dem Holzhäuschen an. Gleich nachdem sie ausgestiegen war, spürte sie eine leichte Furcht, die sie erschaudern ließ. Geräuschvoll atmete sie ein.

«Was ist mit dir?», fragte Carl vom Fahrersitz aus.

«Nichts», antwortete sie. Und nach einem kurzen Moment fügte sie hinzu: «Es ist ein wenig frisch hier.»

Sie wollte ihn nicht beunruhigen. Was war das bloß, das ihr diese Angst einflößte? Eine Windbö blies ihr die langen Haare ins Gesicht. Sie strich sie nach hinten und schloss den Reißverschluss ihrer Jacke. Suchend blickte sie sich um, ohne etwas Ungewöhnliches zu entdecken. Die rote Hütte sah genauso aus wie auf der Internetseite des Vermieters. Sie lag knapp fünfzig Meter vom Fjord entfernt auf einer leichten Erhebung. Direkt dahinter standen einige Tannen, die ab und zu im Wind rauschten. Sie blickte über die abfallende Wiese, aus der sich einige abgerundete Felsen wie erstarrte, graue Walrücken erhoben. Am Ufer gab es einen Steg, in dessen Nähe einige Graugänse im Gras lagen. Auf der anderen Seite des Fjords waren die Lichter einer Ortschaft zu erkennen, die sich deutlich von dem dunklen Bergkamm dahinter abzeichneten.

«Dann schauen wir mal, ob der Schlüssel passt», sagte Carl süffisant, als er die zwei Stufen zu der Veranda hinauf ging. Auf dieser befand sich unter einem Vordach ein Tisch mit zwei Sitzbänken.

«Was?», fragte sie abwesend und drehte sich zu ihm um. Gedankenverloren hatte sie in die Ferne gestarrt und ihrem Gefühl nachgespürt. «Ach ... der Schlüssel. Ja, wäre schon gut. Ich habe nämlich keine Lust, im Auto zu übernachten.»

«Und da es hier weit und breit keine Ortschaft gibt, würde es auch etwas dauern, bis wir ein Hotel gefunden hätten», erwiderte ihr Freund schnippisch.

Sie hörte das scheppernde Geräusch des Schlosses, dann öffnete Carl die Tür und trat ein. Kurz darauf erhellte der Schein der eingeschalteten Deckenleuchte die vorderen Fenster. Erleichtert öffnete sie den Kofferraum und nahm ihre Reisetasche.

Die Hütte bestand aus einem Raum mit einem an die Rückwand angebauten kleinen Badezimmer. Im vorderen Teil des Wohnraums stand ein Tisch mit vier Stühlen, und an der Seitenwand gab es eine nur spartanisch ausgestattete Küchenzeile. Im hinteren Bereich befanden sich ein Doppelbett und ein Stockbett. Ihre Unterkunft war offensichtlich für vier Personen ausgelegt. Ihr erschien das spärliche Platzangebot jedoch gerade ausreichend für sie beide. Sie packten einige Sachen aus und füllten den kleinen Kühlschrank mit den mitgebrachten Lebensmitteln. Dabei stieß sie in ihrem Einkaufskorb auf eine Flasche Rotwein. Vielleicht würde der sie auf andere Gedanken bringen und ihr Unbehagen vertreiben. Sie durchsuchte erfolglos die beiden Schubladen unter der Arbeitsplatte nach einem Korkenzieher. Irgendwie erschien es ihr dann auch logisch, kein solches Utensil in ihrer Behausung vorzufinden. Immerhin war Alkohol ein sündhaft teures Vergnügen in Norwegen. Schließlich nahm sie das Schweizer Offiziersmesser, dass sie bereits seit ihrer Kindheit besaß, aus ihrer Reisetasche und öffnete die Flasche. Im Küchenschrank gab es nur einige Wassergläser. Also nahm sie zwei davon und ging auf die Veranda. Dort ließ sie sich auf einer Bank nieder und zündete sich eine Zigarette an. Mittlerweile war es schon fast dunkel geworden. Sie blickte zum Fjord und spürte, dass sie eigentlich nicht hier sein wollte. Rasch goss sie sich ein Glas ein und nahm einen großen Schluck. Carl war vor die Tür getreten und blickte prüfend unter das Vordach der Hütte.

«Anscheinend gibt es hier auch eine Außenbeleuchtung», stellte er fest.

Er ging wieder hinein, und einen Augenblick später leuchteten zwei Glühlampen auf, die an Drähten unter dem Vordach baumelten. Sie waren nicht besonders hell und spendeten so der Veranda nur ein schummeriges Licht. Carl setzte sich auf die gegenüberliegende Bank und goss sich ebenfalls ein Glas Rotwein ein.

«Was ist los? Du bist so schweigsam.»

«Ich glaube, ich bin einfach nur müde von der langen Fahrt.»

Sie waren am Morgen mit der Fähre in Stavanger angekommen und bis auf einige kurze Pausen die ganze Zeit durchgefahren, um noch vor Einbruch der Dunkelheit hier anzukommen.

«Ja, das war schon eine anstrengende Fahrerei», stimmte er ihr zu.

Er nahm sich eine Zigarette aus ihrer Packung und zündete sie sich an.

«Du siehst aus, als würdest du über etwas nachdenken», fuhr er fort.

Was sollte sie jetzt sagen? Nach kurzem überlegen fiel ihr etwas Rettendes ein:

«Glaubst du, dass es hier wilde Tiere gibt? Ich meine solche, die einem Menschen gefährlich werden können.»

«Nein, das glaube ich nicht.» Und belustigt fügte er hinzu: «Ich habe auf jeden Fall kein Bären-Abwehrspray in der Hütte gesehen.»

«Na dann ...»

Weiter kam sie nicht, denn mit einem Mal war es stockdunkel. Die Lichter in der Hütte und unter dem Vordach waren erloschen. Nur die dünne Sichel des abnehmenden Mondes zwischen den Wolken leuchtete noch schwach über ihnen. Auch die kleinen Lichtpunkte der Ortschaft auf der gegenüber liegenden Fjordseite waren verschwunden.

«Wie romantisch, ein Stromausfall», kommentierte Carl das Offensichtliche.

Er aktivierte die Taschenlampe seines Handys und erhob sich.

«Ich glaube, ich habe drinnen ein Windlicht gesehen.»

Der Schein der grellen Leuchtdiode verschwand in der Hütte,

und sie merkte, wie die Nacht sie umklammerte. Sie konnte den Griff der Dunkelheit förmlich spüren. Suchend glitt ihre Hand über den Tisch zu der Stelle, wo ihre Zigaretten lagen und griff hastig nach dem daneben liegen Feuerzeug. Die kleine Flamme züngelte hoch, und sie blickte suchend um sich. Um sie herum war nur Schwärze. Hinter sich hörte sie einige Geräusche. Kurz darauf kam Carl auf die Veranda. In der rechten Hand hielt er das brennende Windlicht und in der linken eine Packung Kräcker und Streichkäse.

«Dieser Dipp hier ist dann wohl unser Abendessen», sagte er ironisch, während er die mitgebrachten Sachen auf den Tisch stellte.

Sie aßen einige Kräcker und leerten die Flasche Rotwein, bevor sie zu Bett gingen. Der Alkohol hatte sie schläfrig gemacht, und rasch glitt sie in einen tiefen Schlaf. Und ebenso schnell tauchte sie ab in die düstere Bilderwelt ihres Unterbewusstseins. Dort sah sie eine Frau, die in dunkler Nacht neben einem Bachlauf auf dem Boden kauerte und mit bloßen Händen ein Loch in den sandigen Untergrund grub. Um sie herum standen einige Kerzen, die das Geschehen in ein flackerndes Licht hüllten. Vor der Grube lagen ein Haufen Vogelfedern und eine tote Fledermaus. Während die Frau in ihrem dunklen Gewand aus grobem Wollstoff sich immer wieder vorbeugte, um mit beiden Händen Erde aus der Vertiefung zu befördern, murmelte sie einige stets wiederkehrende unverständliche Worte. Kehlig und gedehnt klangen diese Laute und erinnerten sie nach einer Weile an eine Art von Gesang. Sie schien in tiefer Trance zu sein. Dann riss sie ganz unvermittelt die Arme zum Himmel und rief laut:

«Große Göttin, erfreue dich an diesem Opfer!»

Jetzt konnte sie das Blut an den Händen der Frau sehen.

Einige Sekunden lang verharrte sie in dieser Position. Dann begann sie erneut mit ihren monotonen Lauten und fuhr fort zu graben.

Sie hörte ein Geräusch. Mühevoll durchdrang ihr Bewusstsein die dunklen Schleier der Nacht, um aus einer unendlichen Tiefe wieder nach oben, in die Wirklichkeit zu gelangen. Der Weg erschien ihr weit und kräftezehrend, bevor sie endlich die Augen öffnen konnte. Carl saß auf dem Rand des Doppelbetts und schaute sie an:

«Warum liegst du denn da?»

Jetzt erst fiel ihr auf, dass sie in der unteren Etage des Stockbetts lag.

«Keine Ahnung», murmelte sie schlaftrunken. «Vielleicht hast du mich rausgeschmissen.»

Er grinste und deutete nach oben. Ihr Blick folgte seinem Fingerzeig und fiel auf die unter dem First der Hütte angebrachte Deckenlampe. Sie leuchtete.

«Anscheinend ist der Strom wieder da», bemerkte Carl.

Sie machte ein zustimmendes Geräusch und zog die Bettdecke hoch bis zu ihrem Hals.

«Dann mach uns doch einen Kaffee. Ich habe fürchterlich geschlafen.»

Während er sich an der Küchenzeile zu schaffen machte, schloss sie die Augen. Sie fühlte sich elend und unsagbar müde. Plötzlich bemerkte Sie den Geruch von Gras und Erde an ihren Händen. Sofort riss sie die Augen wieder auf und starrte auf ihre Finger. Ihre Nagelränder waren dunkel und die Haut von einer trockenen, staubigen Schicht überzogen. Langsam wanderte ihr Blick zu dem Shirt, dass sie zum Schlafen angezogen hatte. Es war im vorderen Bereich vollkommen verdreckt. Erschrocken fuhr sie hoch. Hastig schob sie die Decke zur Seite und setzte sich auf den Bettrand. Auch die Jogginghose und ihre Füße waren mit getrocknetem Schlamm überzogen. Panisch griff sie nach ihren Sachen, die sie vor dem Zubettgehen auf einen Stuhl gelegt hatte und verschwand im Bad. Dort betrachtete sie eingehend ihr Spiegelbild. Was war geschehen? Angestrengt versuchte sie sich zu erinnern. Aber da war nichts in ihren Gedanken, das ihr auch nur den geringsten Anhaltspunkt gab. Lediglich das Bild der geheimnisvollen Frau kam ihr immer wieder in den Sinn. Es klopfte an der Tür.

«Der Kaffee ist fertig», hörte sie Carl sagen.

«Ich dusche mich noch schnell», antwortete sie mit schwacher Stimme.

Als sie mit nassen Haaren in den Wohnraum trat sah sie, dass der Tisch für das Frühstück gedeckt war. Schnell steckte sie die Sachen, die sie in der Nacht getragen hatte, in ein Seitenfach ihrer Reisetasche. Sie hatte beschlossen, ihm nichts zu erzählen. Was sollte sie ihm auch sagen? Nachdem sie Schuhe und Strickjacke angezogen hatte, setzte sie sich an den Tisch. Carl hockte vor dem geöffneten Kühlschrank und durchsuchte den Inhalt.

«Weißt du wo die Eier sind? Ich habe sie doch selber in den Kühlschrank getan.»

«Ich habe sie nicht gesehen», antwortete sie und zuckte mit den Schultern.

Sie verspürte nicht den geringsten Hunger und goss sich einen Kaffee aus der Thermoskanne ein.

«Dann sind sie wohl noch im Auto», brummte er nachdenklich und schloss die Kühlschranktür.

«Ich habe eh keinen Hunger», sagte sie teilnahmslos, nahm ihren Kaffee und ging durch die offene Tür auf die

Veranda. Dort zündete sie sich eine Zigarette an und blickte auf den Fjord. Das Wetter hatte in der Nacht aufgeklart und ließ die Landschaft in satten, freundlichen Farben erscheinen. Carl trat von hinten an sie heran.

«Und, wie gefällt es dir hier?», fragte er leise und legte seine Arme um sie.

«Es ist wunderschön», sagte sie, «wenn es mal nicht regnet.»

Eine Weile standen sie unbeweglich da, dann löste sie sich aus seinen Armen und stellte ihre Tasse auf den Tisch.

«Komm, lass uns zum Wasser gehen. Ich will wissen, wie warm es ist.»

Er stäubte ich.

«Ich habe doch noch nicht mal eine Hose an.»

«Ist doch egal», erwiderte sie, während sie seine Hand ergriff und daran zu ziehen begann. «Es gibt hier weit und breit niemanden, der dich sehen kann außer mir.»

Lachend gab er nach und ließ sich von ihr zum Fjord führen. Kurz bevor sie das Ufer erreichten, blieb sie wie angewurzelt stehen. Vor ihr im Gras lag eine Graugans. Sie hatte gedacht, dass das Tier schläft. Als sie jedoch näher kamen bemerkte sie die blutigen Fleischstücke und Federn, die um ihren Körper verteilt lagen. Es waren die gleichen Federn, die sie in ihrem Traum gesehen hatte. Unwillkürlich entfuhr ihr ein kurzer Schrei, dann sank sie zusammen. Wieder hatte sie die unheimliche Frau vor Augen. Sie sah, wie die dunkle Gestalt mit den Federn die Grube auskleidete. Dies tat sie so sorgfältig, als wollte sie ein Nest bauen. Als sie damit fertig war, nahm sie einen kleinen Stoffbeutel aus ihrem Gewand und platzierte ihn in der Mitte. Danach griff die Frau nach der toten Fledermaus und legte sie auf den Beutel, bedeckte sie mit ein paar flachen Steinen und begann Erde darüber zu streuen. Schlagartig wurde ihr klar, was das Ritual zu bedeuten hatte. Es war ein Fluch. Vor ihren Augen war gerade ein Mensch verflucht worden.

Sie spürte, wie jemand an ihren Schultern zerrte und sie hochhob.

«Schatz, was ist mit dir?»

Sie erkannte Carls Stimme und öffnete die Augen. Dann stellte sie fest, dass er sie auf seinen Armen in Richtung der Hütte trug.

«Was ist passiert?», fragte sie verwundert.

«Du bist ohnmächtig geworden, als du den toten Vogel gesehen hast», antwortete er schwer atmend.

«Lass mich doch runter. Ich bin ja wieder wach.»

Sie begann sich in seinen Armen zu winden. Es war ihr unangenehm, so hilflos zu sein.

«Gleich», keuchte Carl, «wenn wir bei der Hütte sind.»

Sie blickte zurück zu der Stelle, an der die tote Gans lag. Sie war aus dieser Entfernung nur noch eine graue Stelle im grünen Gras. Dann fielen ihr die blutigen Hände der Priesterin wieder ein. Was war das für ein merkwürdiger Traum? Die Bilder wirkten verstörend real auf sie. Vielleicht war es ja gar kein Traum, sondern eine Erinnerung? Wind kam auf, und hinter den Bergen begannen sich dunkle Wolken aufzutürmen. Sie hörte, wie das Rauschen der Bäume anschwoll und ein lauter Donnerschlag das nahende Unwetter ankündigte. Als Carl mit ihr die Stufen zu der Veranda hinaufstieg, spürte sie bereits die ersten Regentropfen. Dort angelangt, setzte er sie vorsichtig auf der Bank ab. Er war außer Atem und stand vorne über gebeugt neben ihr, die Arme auf die Oberschenkel gestützt. Liebevoll strich sie ihm über den Kopf und küsste ihn auf die schweißnasse Stirn. Ein zweiter

Donner hallte krachend durch das Tal. Gleichzeitig wurde der Wind stärker und trieb den Regen vor sich her bis unter das schützende Vordach. Die großen Tropfen durchnässten im Nu ihre Kleidung. Sie stand auf, um in die Hütte zu gehen. Dabei stellte sie fest, dass sie immer noch wackelig auf den Beinen war. Drinnen setzte sie sich an den Tisch, und Carl goss ihnen zwei Tassen Kaffee ein. Schweigend saßen sie sich gegenüber, während es draußen immer dunkler wurde und der Regen gegen die Fenster peitschte. Nach einer Weile griff sie nach seiner Hand, die auf dem Tisch lag und drückte sie sanft.

«Ich muss dir etwas erzählen», begann sie zaghaft.

Carl schaute sie an und erwiderte ihren Händedruck. Dadurch ermutigt fuhr sie fort:

«Gestern Nacht ist etwas passiert, was ich mir nicht erklären kann.»

«Was meinst du damit?»

«Ich glaube, ich habe diese Gans getötet.»

«Aber warum solltest du so etwas tun. Das ergibt doch gar keinen Sinn.»

«Ich erinnere mich auch nicht daran. Das einzige was ich weiß ist, dass ich einen unheimlichen Traum hatte. Darin habe ich eine Frau gesehen, die mit diesen Federn ein Ritual durchgeführt hat.»

«Was war das für eine Frau? Und was für ein Ritual?»

«Sie war ungefähr in meinem Alter und trug ein altertümliches Kleid. In der Nähe eines Bachs grub sie ein Loch und kleidete es mit Federn aus. Dann legte sie einen Beutel hinein und eine tote Fledermaus. Während sie das tat sang sie und bat eine Göttin, das Opfer anzunehmen.»

«Aber das war doch nur ein böser Traum. Wie kannst du denken, dass das real ist?»

Sie stand auf und ging zu ihrer Reisetasche. Aus dem Seiten-fach nahm sie ihre schmutzige Kleidung und legte sie vor ihn auf den Tisch.

«Und was ist damit?», fragte sie ihn und setzte sich wie-der.

Verwundert nahm er die Sachen in die Hand und betrach-tete sie eingehend.

«Ich war da draußen gestern Nacht, und dort habe ich irgendetwas getan. Und das einzige, woran ich mich erinnern kann, ist diese Frau», versuchte sie verzweifelt die Ereignisse zusammenzufassen.

«Aber … du bist doch keine Schlafwandlerin!»

«Es ist dieser Ort hier. Er hat eine böse Aura.»

Ihr Kopf war leer. Sie hatte ihre ganze Vernunft aufgeboten, um das Geschehene in Worte zu kleiden. Carl schwieg und stützte nachdenklich den Kopf auf seinen Handrücken. Ihr war klar, dass diese abstruse Geschichte nur schwer zu ver-stehen war. Sie stand auf und ließ sich auf das Bett fallen. Das Erlebte in Traum und Realität hatten ihre Kräfte aufge-zehrt. Eine bleierne Müdigkeit lies ihren Körper reglos dalie-gen, während ihr Inneres durch immer neue Gedanken und Gefühle aufgewühlt wurde. Unbeweglich gab sie sich diesem Zustand der Ruhelosigkeit hin.

Sie hätte nicht sagen können, wie lange sie so dagelegen hatte. Erst als Carl sich neben sie auf das Bett setzte, öffnete sie die Augen blickte ihn von unten an.

«Ich habe nachgedacht», begann er leise. «Wir müssen herausbekommen, was geschehen ist.»

«Und wie willst du das machen?», fragte sie unsicher.

«Du hast doch erzählt, dass diese Frau ihr Ritual bei einem

Bach durchgeführt hat. Nicht weit von unserer Hütte gibt es so ein Rinnsal.»

Während er das sagte, hielt er ihr einen Kartenausschnitt auf seinem Handy hin.

«Dort sollten wir nachschauen, ob wir etwas finden können.»

«Du glaubst also, dass ich tatsächlich so etwas gemacht habe wie in meinem Traum?»

«Dein Traum ist unser einziger Hinweis», antwortete er lapidar.

«Das heißt aber auch, dass du mich für eine Hexe hältst.»

«Soweit würde ich nicht gehen», erwiderte er abwägend, «auch wenn zu Hause eine schwarze Katze auf dich wartet.»

«Oder denkst du vielleicht, ich wäre verrückt?»

Er atmete tief durch.

«Nein, das denke ich nicht. Du hast doch selbst gesagt, es hat irgendetwas mit diesem Ort zu tun.»

Erleichtert stellte sie fest, dass Carl aus ihren wirren Erzählungen noch logische Schlüsse ziehen konnte. Ein Zugang, der für sie längst verschlossen war. Auch wenn er ihr mit seiner nüchternen Art häufig auf die Nerven ging, liebte sie ihn in diesem Moment umso mehr dafür.

«Komm», sagte er und hielt ihr seine Hand hin, um ihr beim Aufstehen zu helfen. «Wir wollen nachsehen, ob wir etwas finden können, was uns weiterbringt.»

Der Regen prasselte spürbar mit großen Tropfen auf sie nieder, als sie unter dem Vordach hervortraten. Sie hatten sich zwar mit Regenjacken und Wanderschuhen gegen das Unwetter geschützt, aber ihr war klar, dass das nicht von Dauer war. Carl ging voraus und folgte dem Weg, den sie gestern Abend mit dem Auto gekommen waren, bis er in Richtung der Straße abbog. Von hier aus waren es noch einige

Meter bis zu einer Ansammlung von Büschen und kleineren Bäumen, die Wiese auf dieser Seite begrenzte. Der Bewuchs war so dicht, dass sie die Zweige zur Seite biegen mussten, um in das Dickicht eindringen zu können. Sie spürte, wie das Wasser auf den Blättern, das sie dabei abstreifte, ihre Jeans vollkommen durchnässte. Ein unangenehmes Gefühl, dem sie aber keine Aufmerksamkeit schenkte, da ihre innere Anspannung mit jedem Schritt größer wurde. Was würden sie dort am Bach finden? Und was würde das für sie bedeuten? Vielleicht war sie ja wirklich verrückt und wusste es nicht. Langsam bewegten sie sich auf dem weichen Boden aus abgestorbenen Blättern voran. Tief sanken ihre Schuhe in den dunklen, modrigen Grund ein. Ab und zu knackte unter ihren Sohlen ein morscher Ast. War sie heute Nacht tatsächlich barfuß hier durch gegangen? Sie konnte sich das einfach nicht vorstellen.

Nach einer Weile wurde das Blätterdach über ihnen lichter, und sie erreichten den mit grauen Felsbrocken durchzogenen Bachlauf. Eine dichte Ansammlung von Brennesseln und Farnen säumte das steinige Ufer. Hier gab es keine freie Stelle, um ein Loch zu graben. Carl stellte sich auf einen Felsen und blickte sich um.

«Wohin müssen wir jetzt?», fragte er sie.

«Richtung Fjord», hörte sie sich zögerlich sagen und erschrak.

Ohne darüber nachzudenken, hatte sie ihm geantwortet. Er blickte ihr tief in die Augen und begann dem Bachlauf nach rechts zu folgen. Apathisch ging sie ihm hinter her. Der Schreck über ihre Antwort war ihr in die Glieder gefahren. Warum hatte sie das gesagt? War es eine Intuition oder wusste sie tatsächlich etwas?

Hinter einer Biegung kamen sie zu einer unbewachsenen Stelle am Ufer. Der Bach hatte hier feinen Sand angeschwemmt. Ihr Magen zog sich zusammen. Konnte das die Stelle sein? Starr bleib sie stehen und musterte den Ort. Sie sah, wie Carl sich einige Schritte entfernte und sich dann nach ihr umblickte.

«Was ist mit dir?»

Diese Worte drangen nur leise, wie aus weiter Ferne zu ihr vor. Ohne zu reagieren blieb sie stehen und beobachtete, wie er begann, die sandige Uferstelle abzusuchen. Unvermittelt hielt er an, ließ sich auf die Knie fallen und begann mit den Händen im Sand zu graben.

«Hier ist etwas!», hörte sie ihn rufen.

Langsam setzte sie einen Fuß vor den anderen und ging mit unsicheren Schritten zu der Stelle. Die Welt um sie herum war still geworden. Auch spürte sie die Regentropfen nicht mehr, die ihr über das Gesicht rannen. Als sie sich näherte, bemerkte sie, dass er etwas frei gelegt hatte. Es sah aus wie ein Gelege. In einem Nest aus Farn lagen einige weiße Eier. Verwundert blickte sie in die sandige Grube. Das war kein Fluch, der hier vollzogen worden war. In der Zwischenzeit hatte Carl ein Ei in die Hand genommen und betrachtete es eingehend. Dann lachte er los:

«Wir haben Glück, sie sind noch haltbar.»

Während er sprach, deutete er auf die Stelle, wo das Haltbarkeitsdatum aufgedruckt war.

«Das sind unsere Eier, die du hier vergraben hast.»

Eine schemenhafte Erinnerung zuckte durch ihren Kopf. Für sie ergab das, was sie sah, keinen Sinn. Irgendetwas fehlte noch.

«Da muss noch etwas sein. Unter den Eiern», sagte sie so leise, dass es fast schon ein Flüstern war.

Vorsichtig nahm er ein Ei nach dem anderen aus der Vertie

fung. Nach und nach kam ein schmaler Lederhandschuh zum Vorschein.

«Das ist doch dein Handschuh», stellte er überrascht fest und hob ihn hoch.

Dabei schien er etwas im Inneren bemerkt zu haben. Langsam zog er eine Spielkarte hervor. Es war ein Herzass. Ungläubig schaute er zu ihr auf.

«Die Handschuhe hat mir Simone geschenkt, weil sie ihr zu eng geworden waren.»

«Und was hat das zu bedeuten?»

«Das ist ein Fruchtbarkeitsritual. Du weißt doch, wie sehr sich Simone und Dirk ein Kind wünschen.»

Carl erhob sich. Er schien eine Weile zu brauchen bis er das Gesagte verstand.

«Ich wusste gar nicht, dass du so etwas kannst», brachte er nur langsam hervor.

Sie begann zu lachen und fiel ihm um den Hals.

«Ich auch nicht.»

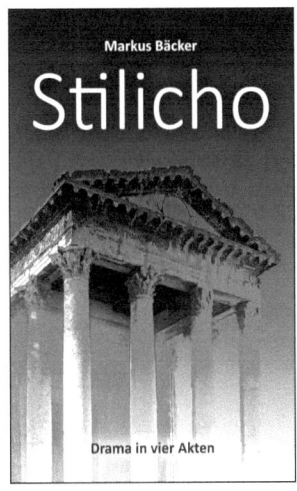

Markus Bäcker

STILICHO
Drama in vier Akten

Erscheint 2019 bei BoD
als Buch und E-Book

«Was ewig währen sollte, wird zur Kulisse im Schauspiel einer neuen Zeit.»

Im Jahr 406 spitzt sich die Krise des römischen Imperiums dramatisch zu. Unter dem Druck der Völkerwanderung brechen vielerorts die Grenzen zusammen. Als Folge der instabilen Lage beginnt der Zerfall des Staatsgebiets, und einzelne Regionen streben nach Unabhängigkeit. Zusätzlich sorgen die als Flüchtlinge ins Reich gekommenen Goten für innere Unruhen. Darüber hinaus spaltet der religiöse Konflikt zwischen Anhängern des alten Götterglaubens und des Christentums die Bevölkerung. In dieser Situation kämpft der Heermeister Stilicho für den inneren Zusammenhalt und die äußere Stabilität des weströmischen Reichs. Dabei sieht er sich zunehmend mit den religiös motivierten Entscheidungen des jungen Kaisers Honorius konfrontiert.